文庫

7

大岡 信

古典を読む
万葉集

岩波書店

目　次

一　『万葉集』を読む前に

「なぜ『万葉集』が大事なんですか」とだれかに問われたとする。私は「そりゃ、何たって面白いからです」と即座に答えるだろう。答えたあとで、「ではどこが面白いんです」と問われれば、一息ついて、「いろいろ」と答えるだろう。

『万葉集』を多くの日本人が尊び、くりかえし読みつづけてきたのは、実際、この古代詞華集が、いろいろな意味でとにかく面白い、という力強い実感があってのことであって、そこにはあまり理屈はない。『古今集』や『新古今集』、『玉葉集』や『風雅集』、また『和漢朗詠集』や『芭蕉七部集』を面白いという場合には、多少なりともその理由を同時に明らかにしながらいう必要があるだろう。『武《む》玉川《たまがわ》』の方が『柳多留《やなぎだる》』よりも面白いよ、などという議論を始めようものなら、江戸期の前句《まえく》付《づけ》の大流行や、いわゆる雑俳的な分野についてのある程度の知識の前提なしには、ツウといえばカアという具合の議論を実らせることは難かしい。

『万葉集』には、そういう途中経過なしに直《じ》かに入っていける、というのが、少しでも『万葉集』の歌を読んで好きになった人なら、たぶんだれでもが持っている一つの勘であろう。

この勘は正しいか否か。それを議論しはじめると、事は到底簡単にはおさまらなくなる。万葉学を深く掘り下げてゆこうとする研究者なら、一層のこと、『万葉集』四千五百余首の背後にひそむ謎のかずかずを念頭に思い浮かべ、途中経過の茫洋たるひろがりを思って、気むずかしく頭を横に振るかもしれない。『万葉集』全二十巻とひとことでいうが、この二十巻が近代の詞華集のように、特定の編纂者によって特定の時期に一挙にまとめられるような性質のものではなく、いわば巻一および巻二を中核の原型として、順次家を建て増しするように増補されて成った複合歌集であることは、万葉研究史における常識である。この万葉成立史の研究は、古く江戸前期の契沖《けいちゅう》の大著『万葉代匠記』によって先鞭をつけられた。彼のとなえた万葉二度撰説(天平十六、七年〔七四四、七四五〕ころに巻一から巻十六までが撰ばれ、天平宝字三年〔七五九〕に巻十七から巻二十までが撰ばれたとする)を基礎として、爾来現代にいたるまで、万葉研究の最重要部分をなすといってもいいほどに精密な論考が重ねられてきたのが、万葉成立史論の分野だったのである。たとえば柿本人麻呂の生歿年をめぐる議論のようなものも、当然この領域の中に包含され、それ一つだけでも多くの研究者また読者を熱狂にまきこむことのできる謎を秘めている。そういう観点からするなら、『万葉集』は『古今集』などにくらべても、はるかに複雑な組織体であることは明らかなのである。

私は以下の文章で、『万葉集』のそのような側面に深く立ち入ることはしないだろう。必至やむを得ない場合には、すぐれた研究者の学恩におんぶして、そのような領域に歩み入らねばならないことは当然だが、限られた紙数で『万葉集』の歌の美質を力の限り説き明かそうというのが第一の目的である本書においては、私はともかく万葉の歌そのものにたえず肌身で接している位置に自分をおこうと思う。またそれが、私のように万葉を愛することにおいては大いに自負と自信をもちながらも、これを少しでも深く研究したことがあるとは到底いえない立場の物書きにとって、とるべき唯一の道であることは明白である。

しかし、たった今私が書いたこと、すなわち『万葉集』は増築に次ぐ増築を経て現在の形になったというのが学者にとっては常識である、という事実にさえ、「えッ」と驚く人の数は多いだろう。無数といってもいいだろう。まして、『万葉集』はその成立の過程で、

「十五巻本」としてすでに立派な体裁を整えていた時期があり、さらにそれが「二十巻本」にまで膨らんで一層豊かな現行の形をとったのだ、というような説については、まったく初耳である人がほとんどではないだろうか。

そしてまた、これら「十五巻本万葉集」や「二十巻本万葉集」が成立してくる上で、古くは舒明天皇の皇統、より現実的には天武天皇の皇統の繁栄を祈念する天武系の女帝たち、すなわち持統（天武皇后）、元明（持統の異母妹で、天武・持統の皇子草壁の妃）、元正（元明の娘）という三人の女帝たちの熱意と執念が大いに働いていたと考えられる、というような説を聞けば、ほとんど歴史推理小説を読むような感興をいだかされるかもしれない。

いずれにせよ、『万葉集』は成立史論だけでもなお多くの未知の発見を予想させるものを秘めた一大山塊なのである。今日、しかるべき国文学研究専門誌が、年に一度や二度は万葉研究論文で誌面を埋めるのが恒例のようになっているのも、そういう背景からすれば不思議ではない。

しかし、誌面が賑わえば賑わうほど、研究は細分化し、主題は専門化し、一般の読者にはおいそれと近づくことが難かしいものになっていかざるを得ないという矛盾も生じる。

「なぜ万葉が大事なんですか」と問われたなら、「そりゃ、何たって面白いからです」とまずもって答える立場を守ろうと私が思うのは、そういう未分化な感覚的・感性的反応が、何といってもすべての知的探究の出発点になければならないからであり、『万葉集』については とりわけ大切だと思うからである。

右にごく一端だけ触れた万葉成立史の諸問題は、もちろん現在ただいま、万葉学者たちによって多様な角度から追求されているもので、その全容を知ることはまず不可能に近い。しかし大筋を知るには、古代文学史のしかるべき個所をひもとくだけでも足りるだろう。たとえば『日本文学全史』(学燈社)の第一巻上代編には、十数人の専門学者による古代文学論や『万葉集』論が文学史の形をとって並んでいて、その第六章「万葉集の成立と構造」(執筆伊藤博)を読めば、『万葉集』の複雑な成りたちについて、あらためて目を開かれる人も多いにちがいない。

さて、私はもう一つ、『万葉集』に関して常識として知っていなければならないのに、案外私たちが忘れている事柄についてふれておきたい。それは『万葉集』の原文の大部分が、現在私たちの読んでいるような漢字・仮名まじりの表記で書かれたものではなく、「万葉仮名」とよばれるところの、実体は漢字そのものである文字表記によって書かれていたという事実である。漢字本来の意味を生かして用いるのではなく(そういう例外的な場合も無いことは無かったが)、主としてその字音によって用いたので、結果的には仮名文字と同じような役割りをはたしたから、そこで「万葉仮名」とよばれたにすぎない。

『万葉集』がもともと漢字ばかりで書かれ、しかもその用いられ方がきわめて特殊だったということは、当然それを読み解くのに後世が大いに苦心しなければならなかったことを意味する。万葉が成立してわずか百数十年後の時代に生きていた平安朝の大歌人たち、たとえば紀貫之《きのつらゆき》などが、『万葉集』の数多くの歌をどのように読んでいたか、またそもそも、どれほどの数の万葉歌を実際に眼にし得ていたか、正確に知ろうとしてもまずは絶望的なことであろう。

　紀貫之らが撰進した最初の勅撰和歌集『古今集』は延喜《えんぎ》五年(九〇五)に醍醐天皇により下命されたか、または完成して奏覧に供されたかしたものだが、それから約半世紀後の村上天皇天暦《てんりゃく》五年(九五一)、第二の勅撰和歌集である『後撰集』の作業が始められた。五人の撰者の中には、清原元輔《きよはらのもとすけ》や源　順《みなもとのしたごう》と並んで、紀貫之の息子の時文《ときぶみ》も加わっていたが、後宮の昭陽舎、通称「梨壺《なしつぼ》」で行われた作業は、勅撰の和歌集をえらぶことと同時に、何よりもまず、『万葉集』に訓点をほどこす作業だったのである。

言いかえれば、『万葉集』が生まれてから二世紀の後、これはすでに世にも難解な古歌を集めた本になりはてていたらしい。以後、『万葉集』は久しい間、ごく少数の恵まれた立場にある人々が手にしうる以外には、名のみ高くして実際には手の届きかねる本となり、江戸時代にまでいたった。その間、和歌の本といえば、何といっても『古今集』が、そのみごとな規範性、編纂意図の明確さ、そして何よりもまず「勅撰」の後光をまとって、世に君臨したのである。

万葉仮名を話題にするとき、私の胸にまず湧きあがるのは、われわれの過去というものが未来とほとんど同じほどに「未知」の世界を豊かにもっているということ、しかもその世界をのぞきこむことは、未来を単に望み見る場合とは違って、しばしば感動的な発見をもたらすということへの畏敬の念である。

第一、万葉仮名を使って書いた古代知識人たちは、何というたくさんの漢字を識っていたことだろう。彼らは彼らなりのやり方で、字引きを作っていたのだろうか。字音だの字訓だのの入り乱れる表記法を、彼らはどのようにして、後世が三十一文字の歌の形に読み解くことができるほど、とにもかくにも法則的に組織して使用することができたのだろうか。何と辛抱づよく、また頭のいい連中だったことだろう。それはまた、七世紀・八世紀の大和にまで及んでいた中国・朝鮮文明の影響の大きさ、広がりを示すに十分な歴史的事象でもあったのである。『万葉集』を単に素朴で単純一途で原始的な強さと純粋さにみちたもののとのみ見る観点に立つだけでは、中国、朝鮮、さらには遠くインド文明の広がりの中に『万葉集』を置いて見るというような視野をもつのは難かしくなろう。しかし私たちは、たとえば柿本人麻呂がどれほど深く中国文明から流れ出た波の中に身を浸していたかについて、彼自身の直接の証言の有無にかかわらず、いつも頭の片隅においておかねばならないのである。

さて、万葉仮名を現在私たちが読んでいるような漢字仮名まじり、五七五七七の整然たる和歌として再生させるには、いうまでもなく多くのずば抜けた明晰さと直観力をもった学者たちによる何世紀もの解読の歴史が介在しなければならなかった。もちろんそのことを知らずに『万葉集』を享受しても格別とがめられる筋合いのものではないが、しかし知っていた方がいいことはたしかである。なぜなら、今私たちにすら読めるようになっている『万葉集』の本文は、実際には、平安朝以来の歌人・学者たち、特に江戸前期の古典学者僧契沖や、中期・後期の国学者賀茂真淵《かものまぶち》、本居宣長《もとおりのりなが》をはじめとする多くの学者たちが、力をあわせて創造してきたものといっていい一面を持っているからである。

その一例をあげてみよう。

標結《しめゆ》ひてわが定めてし住吉《すみのえ》の浜の小松は後《のち》もわが松　巻三・三九四

巻三の「譬喩歌」の章にある余明軍《よのみょうぐん》(金《こんの》明軍とする本もある)の歌。「しめなわを結わえて、この中は私のものと定めておいたこの住吉の浜辺の愛らしい小松は、いついつまでも私のもの」というので、小松は若い娘の譬喩である。住吉の浜に住む娘と契りを結んだ男が、心変りせずにおまえを愛しつづけると誓っている歌である。

訓読に従って読めば何の困難もない。しかし万葉仮名の原文はどうだろうか。

印結而　我定義之　住吉乃　浜乃小松者　後毛吾松

第二句の「義之」がなぜテシと訓読できるのか。現代の注釈書はすべて簡明にその理由を教えてくれる。

「義之をテシと訓むのは、王羲之はすぐれた書家(手師)であったからの義訓。(中略)義と義と通用した。」(岩波日本古典文学大系「頭注」)

なるほどそうか、と感心してそのまま通り過ぎることもできる。だが、義之↓義之↓書家↓手師↓てし、という一連の推理は、一体だれが最初に解決したことだったのか。ちょっと立ちどまって見直してみれば、これはまさに推理小説のタネにもなりうる話だと気づく。

契沖の『万葉代匠記』は、徳川光圀《みつくに》、すなわち水戸黄門が古典学者下河辺長流《しもこうべちょうりゅう》に委嘱したがついに完成にまで至らなかった万葉注釈の仕事を、長流に兄事して親交があった契沖が、長流に代って成しとげた大業である。貞享《じょうきょう》四年(一六八七)ころに初稿本が成立したが、さらに水戸家で諸本を校合《きょうごう》した『四点《してん》万葉集』などを参照して、元禄三年(一六九〇)ころに精撰本が書きあげられた。これらの原稿は水戸徳川家に保存された。仕事の開始から精撰本の成立までに、九年ほどかかっているという。

『契沖全集』(岩波書店)第二巻の『万葉代匠記』二にある余明軍の歌の訓読は次の通りである。

印結而《シメユヒテ》　我定義之《ワカサタメコシ》　住吉乃《スミノエノ》　浜乃《ハマノ》小《コ》松者《マツハ》　後毛《ノチモ》吾松《ワカマツ》

すなわち「義之」を契沖の段階ではコシと訓読していた。たしかに、歌全体の意味からすれば、「こし」と読んでもおかしくはない。しかし、それはいかなる文字解読上の根拠によって？　契沖はその根拠を示すことができなかった。彼は釈然としなかったが、学者として頬かぶりしてすますこともできなかった。初稿本で彼はこう書いている。（引用には適宜濁点を補うことにする。）

「義之　惣《そう》じて此義の字を用《もちゐ》たるに、心得がたき事あり」

これが精撰本では次のようになる。

「小松トハ、マダ童女ナルニ契リテヨメル譬ナリ。松ハ色カヘヌ物ナレバ、互ニ約ヲ変ゼヌ意ナリ。義之ハ、此義ノ字、集中ニ使タルニ意ヲ得ザル事多シ」

「義之」という用字法は他の個所にもあるのだ。「石上　零十方雨二　将関哉　妹似相武登　言義之鬼尾」（巻四　大伴宿禰像見《おおとものすくねかたみ》の歌）でも、明らかに「義之」はテシと読まねばならない。すなわち、「石上《いそのかみ》ふるとも雨に障《さは》らめや妹《いも》に逢はむと言ひてしものを　六六四」。しかし、契沖の段階では、これをテシと見定める上での決定的な推理は働かなかった。彼はこの「義之」を見出すたびに、頭をかかえて困惑した。

賀茂真淵は「義之」を正しくテシと訓読した。しかしその読みに対する合理的な説明の根拠は依然見つからず、「義」は「篆《てん》」の草体の誤りだろうと苦しいこじつけをした。

さてこの訓読の正解は、はるかに契沖の実証主義を仰ぎ見、また師真淵の直観力から多くのものを学びとってきた本居宣長によって、ついに見出されたのだった。『本居宣長全集』(筑摩書房)第六巻の『万葉集玉《たま》の小琴《おごと》』にそれはある。

印結而、我定《ワガサダメテ》 義之《シ》〔三九四〕、

義之は、てしと訓へし、此外、四巻《ノ》四十一丁言義之《イヒテシ》鬼尾《モノヲ》〔六六四〕、七巻《ノ》三十一丁結義之《ムスビテシ》〔一三二四〕、十巻《ノ》三十一丁織義之《オリテシ》〔二〇六四〕、また逢義之《アヒテシ》〔二〇六六〕、十一巻《ノ》廿丁触義之《フレテシ》鬼尾《モノヲ》〔二五七八〕、十二巻《ノ》廿丁結義之《ムスビテシ》〔三〇二八〕、これら皆同し。てしと訓へきこと明らけし、さて、是をてしとよむは、義字《ノ》をての仮字に用たるにはあらす、故に義之《テシ》とつゞけるのみにて、義《テ》とのみいへるは一ッもなし、義は皆羲字《ノ》の誤にて、から国の王羲之といふ人の事也、此人書に名高き事、古今にならびなし、御国にても、古《ヘ》より此人の手跡をば、殊にたふとみ賞する故に、手師《テシ》の意にて書る也、書のことを手といふは、いと古き事にて、日本紀にも、書博士をてのはかせ共、てかき共訓たり、さて又、七巻《ノ》三十一丁十一巻《ノ》二十二丁に、結大王《ムスビテシ》〔一三三二・一三六〇〕、十巻《ノ》三十二丁に、定大王《サタメテシ》〔二〇九二〕、十一巻《ノ》四十七丁に、言大王《イヒテシ》物乎《モノヲ》〔二八二四〕、これらの大王もてしと訓て、義理明らか也、ふるくはかく訓べきことをしらすして、いたく誤りよめり、是もかの王羲之がことにて、同しく手師の意也、其故は、羲之が子の王献之といへるも、手かきにて有ければ、父子を大王小王といひて、大王は羲之がことなれば也、かゝればかの義之と、此大王とを相照し証して、共にてしと訓べき事をも、又王羲之なることをも、おもひ定むへし、師の説には、義之をてしと訓は、義は篆《テン》の誤也といはれしかど、篆を仮字に用たる例なく、又義之《テシ》とつゝけるのみにて、義《テ》とはなして一字書る所もなければ、義之と二字つゞきたる。《意なる》事うたがひなし、又大王《テシ》は天子の意也といはれしかど、天子《テンシ》の字音をとりて、訓《クン》に用ふべきにもあらず、又其意ならば、直《タダ》に天子《テシ》と書る所もあるべく、天皇《テシ》なども書る所もあるべきに、いづこもたゞ大王とのみ書るは、決て其意にはあらずと知へし、

『万葉集玉の小琴』は『万葉集』巻一から巻四までの歌のうち、問題ある歌の語句につき訓詁注釈を試みたもので、直接には師の賀茂真淵の『万葉考』にのべられている説の不備を、徹底した実証主義によって是正する目的で執筆されたものである。巻五以下が書かれずに終ったことがいかにも惜しまれる学問的著述だが、「義之《てし》」をめぐる——また「大《て》王《し》」をめぐる——右の推論とそこから導き出される結論は、「宣長をまって初めて解明さ

れた訓詁上の創見に富み、万葉学史上逸すべからざるものがある」(同全集第六巻・大久保正「解題」)とされる『万葉集玉の小琴』の注釈の特質をみごとに示している。読めば明らかな通り、「義之」や「大王」を「てし」と訓読せねばならぬ理由の説明には、一分の隙もない。師説をあざやかにのりこえたこの弟子の、厳密な推理の力と奔放に働く連想の力には、泉下の師真淵も膝をたたいて快哉をさけぶほかなかったろう。

「義之」の字を見つめているうち、「羲之」の名が透けて見えてくるということは、ある種の学者や読書人にとっては不可能ではあるまい。しかし、王羲之をはじめとする書家のことを、上代・中古の人々が「手師」と呼ぶ習慣があった事実を思い起こすには、連想の飛躍がなければならないと同時に、すでに『日本書紀』にそのような例があったことを知っているという知識の裏付けが必要である。このような推理の全過程は、学者におけるいわゆる「雑学」的知識の重要性を物語るものにほかならない。「大王」というもう一つの、一見突飛な用字法も、王羲之の名に結びつけられることが想起されるに及んで、万葉歌人たちがいかに王羲之に関する知識をひろく持っていたかも証明された。こうして、「義之」を「手師」とし「てし」と読むとする推理の正しさは、ゆるぎないものになった。

幸田露伴に「王羲之」(昭十二)という短いエッセーがある。羲之の書に関するぴりりと辛味のきいた小論だが、その冒頭で露伴はこの余明軍の歌をとりあげ、「義之」「大王」を「てし」と読ませた『万葉集』の表記法について、「万葉集の筆者などといふものは、まことに暇《いとま》多き大宮人で、かゝるをかしなことを為《し》て娯《たのし》んでゐたものと思はれる」と言い、続けてこう書いている。

かゝる閑戯の中に、当時の人が如何に王羲之の書を尊尚して、平生これを学んで居つたかといふことが覗《うかゞ》ひ知られる。そして又羲之を其様に尚《たつと》んだのは、唐の影響であることが推察され、併《あは》せて万葉時代一切の文明が如何に唐に負ふことの多かつたかを想はしめる。王羲之は何《ど》の時代にも尚ばれてゐるが、ことに唐の時には一方ならず尊重された。唐初の英主太宗皇帝が、大《おほい》に羲之の書を悦《よろこ》んだからである。(『露伴全集』第十七巻)

露伴は、万葉時代のわが国の文明が、すでに先進国唐の文明の影響をたっぷり受けていたことを、「義之」→「てし」一件を一つの好例としてのべているわけだが、その影響が、すでにして諧謔的な文字遊びの域に達するほどに熟していたことは、見のがすことのできない『万葉集』の一面だった。

以上、ほんの一つの例をあげるにとどめるが、いずれにしても私たちが現在やすやすと読むことができるようになった『万葉集』は、実際にはおびただしい先人たちの苦心と創造的努力によって今ある姿にまで整えられてきたのである。このことは、『万葉集』を読む前に知っておいていい、また知っておくべきことであろう。

少なくとも私は、先人たちのこのような努力の恩恵に浴することによってはじめて、人麻呂をはじめとする古代人の歌の美しさや力強さをあげつらうことができる立場に自分がいることを忘れることはできない。

その上で、私は私自身の感受する万葉の歌の面白さを、できるだけ自由に語ってみたい。

二　時代の背景と『万葉集』

『万葉集』の背景をなす時代が、政治的・社会的にどのような様相をもって推移していったか、またその推移の中でおのずと生じた歌風の変化が、一般にどのような時代区分によってとらえられているかを、まず簡単にのべておくべきだろう。

『万葉集』ほどその中に劇的な背景をかかえこんでいる詞華集は、日本の長い詩史のうちでも稀れである。きわめて古い時代の作者たちとしては、仁徳天皇の妃磐姫皇后《いわのひめのおおきさき》をはじめ、軽太子《かるのみこ》、軽太郎女《かるのおおいらつめ》、雄略天皇、聖徳太子などが『万葉集』に含まれているが、このうち磐姫皇后の相聞歌《そうもんか》四首は後世の作が磐姫に付会されたものと考えられているし、軽太子ら三人の作は記紀歌謡からの引用あるいは異伝なので、『万葉集』独自の時代区分としてはむしろ伝説的前段階に属するとしなければならない。したがって、実質的な『万葉集』の歌は、舒明・皇極・孝徳・斉明(以上飛鳥朝)、天智・弘文(近江朝)、天武(飛鳥朝)、持統・文武(藤原朝)、元明・元正・聖武・孝謙・淳仁(奈良朝)の十四代にわたってのもので、舒明即位(六二九)から年月の明らかな最後の歌、淳仁の天平宝字三年(七五九)まで、百三十年足らずの期間を覆うものである。この間に若々しく生成し、爛熟し、沈潜し、繊美にまで達してゆく集の姿を大観すると、この集だけですでに十分、一個の生命体としての抒情詩集の誕生から完成までの歴史を体現しているといえるのである。

『万葉集』の背景をなす時代は、律令制度の時代である。しかもそれは、律令体制の成立から、その絶頂期を経て、やがて制度自体の矛盾があらわになるにつれて崩壊しはじめるまでの歴史に、ほぼ正確に対応している。『万葉集』がその後の『古今集』をはじめとする勅撰和歌集ときわめて異質な要素をもっているのは、古代天皇制社会の確立期のそうした激動を、各時代の作者たちの歌が率直に反映しているからにほかならない。

天皇の権威確立のためには最大の脅威であった豪族蘇我氏の専制と、隋を倒して六一八年成立して隆々たる勢威をひろげつつあった唐の脅威とが、内外からの緊急な動機となって、中大兄皇子《なかのおおえのおうじ》(のちの天智天皇)、中臣鎌足《なかとみのかまたり》(のち藤原姓を天智から賜わる、すなわち藤原家の祖)による蘇我氏打倒のクーデタとなった(六四五)。

その結果うちたてられた大化改新政府(孝徳天皇・皇太子中大兄)は、中国に範を求めた律令制度を基礎とする国土・国民の掌握支配をめざして、制度上、思想上に一大変革を行った。豪族の私地私民を収公する公地公民主義がその一であり、「君に二政なく、臣に二朝なし」とする天皇の権威の絶対化がその二だった。後者はやがて、特に人麻呂が強く歌いあげることになるはずの、天皇を「現人神《うつひとがみ》」とする思想に結晶する。従来の「豪族」は「官僚」として再編成される。一般民衆は、山上憶良《やまのうえのおくら》の「貧窮問答歌」にもその一端がうかがわれるような、分配を受けることなき税負担階級の立場に追いやられた。

律・令の条文は、それに付随する従属法たる格・式をも含めると、平安中期には約六千条に及ぶ複雑をきわめたものになっていたといわれる。

これは、当時の日本が、法治国家として、その範とした唐の帝国に、少なくとも国家体制的にはきわめて類似した体裁を整えたことを意味している。つまり、古代大和王朝は、純然たる被支配階級の民衆と、厳格に身分階級を規定された貴族や官僚の社会的区分の上に、強大な中央集権国家をうちたてたのである。律令体制をたてに貫く一本の糸は、皇族が豪族を官僚化し、天皇専制の理想にそった社会秩序をうちたてることにあった。それを劇的に示したのが、大海人皇子《おおあまのおうじ》(天武天皇)の壬申の乱に続く皇族政治の確立だったことはいうまでもない。天武治下の飛鳥浄御原《あすかきよみがはら》律令の編纂、『古事記』、『日本書紀』の編修計画、八色の姓《かばね》の制定など、すべてそうした意図のあらわれだった。

天武天皇から聖武天皇に至る約五十年間、すなわち七世紀後半から八世紀前半へかけての約半世紀間は、力量ある皇族政治家が輩出した時代であり、天武天皇が意図したと思われる統一国家の確立は、黄金時代を迎えたかにみえた。大宝律令(文武、七〇一)、養老律令(元正、七一八)などで着々国家機構が整備され、地方にまで天皇の勢威が及ぶとともに、世界的規模を持つ盛唐の文化が、遣唐使を通じてさかんに流入したこの時代は、政治的にも文化的にも、エネルギッシュな発展の情熱のうずまいている時代だったのである。大宰の少弐《しょうに》小野老《おゆ》が「あをによし寧楽《なら》の京師《みやこ》は咲く花のにほふがごとく今盛りなり」(巻三・三二八)と謳歌したのは、そうした時代であった。

だが、天皇が律令体制の最上部で次第に神格化していくあいだに、大化改新の立役者藤原鎌足の子不比等《ふひと》、その孫仲麻呂《なかまろ》(のちの恵美押勝《えみのおしかつ》)に代表される藤原一族、政界に深く食い入って、一時は貴族勢力をもしのぐ権力をにぎった玄昉《げんぼう》、道鏡などの僧侶、それに長屋王《ながやのおおきみ》を代表者とする皇族政治家、これら三者のあいだのしのぎをけずる権力争いが、聖武、孝謙、淳仁、称徳の天平時代を暗く彩っていた。

この闘争は、結局皇室との間に外戚関係のくさびをうちこんだ藤原氏の勝利に終り、それとともに皇族政治家や、大伴、佐伯などの旧豪族は政治の表舞台から急速に後退し、時代は藤原氏の摂関政治へと大きく転換していった。

たとえば東大寺の大仏造顕という、天平時代を象徴するといっていい大事業も、必ずしも輝かしい側面にのみ彩られていたわけではなかった。前後八年をかけ、国の富、技術の粋を集め、数えきれぬ民衆の労役を投入して成った盧舎那大仏《るしゃなだいぶつ》は、天平期の日本の総力を結集した記念碑的作品であった。それはもともと国家的統一の象徴として、また国内の安泰と繁栄の象徴として、そびえたつべきものであった。しかし現実には、この大仏造顕事業は、政治への僧侶の介入、徭役を課される農民の塗炭の苦しみ、造仏事業達成におのれの政治的運命をかけた藤原仲麻呂と、反対派貴族の暗闘など、造仏の意図とはうらはらな結果を派生せざるをえなかったのである。

その意味では、大仏造顕は古代天皇制の専制支配の危機と、仏教の権威によってそれを回避しようという焦慮とを象徴するものでもあっただろう。天平文化の絢爛たる開花の背後で、すでに律令体制の根本をなす天皇専制の理想はくずれはじめていたのである。また、古代天皇制が営々として築いた地方制度は、律令制度の申し子たる国司階級の腐敗によって足下から崩壊しはじめ、公地公民主義にかわって、大っぴらな土地の私有、蓄積が進行しつつあった。つまり、公地制に代る荘園制、天皇専制に代る藤原氏の摂関政治という、次の時代への移行がすでにそこで準備されつつあった。その間約百三十年。ここでは、豪族は藤原氏という貴族ただひとつに淘汰され、他氏はすべて蹴落とされている。

政治的・社会的な観点から見た万葉時代のこのような推移は、必然的に歌集としての『万葉集』の歌風にも時代的変化をもたらした。通常これを四期に分けている。

仁徳ないし雄略天皇の時代を伝説的な意味での万葉萌芽時代とすれば、第一期は舒明天皇から天智天皇あるいはその悲運の皇子であった弘文天皇の時代までということになる(六二九—六七二)。その四十余年の間に、大化改新(六四五)、有間皇子の謀叛のかどによる処刑(六五八)、白村江《はくすきのえ》における日本遠征軍の完敗(六六三)、そして壬申の乱(六七二)などが生じており、まさに激動の時代だった。作者には舒明天皇、天智天皇、額田王《ぬかたのおおきみ》、鏡王《かがみのおお》女《きみ》その他がいる。

第二期は、壬申の乱の勝利者大海人皇子(天武天皇)の時代に始まり、元明天皇時代、都を飛鳥浄御原宮《あすかきよみはらのみや》から奈良(平城京)に移した時まで(六七三—七一〇)。この四十年足らずの間に大宝律令(七〇一)が成立した。作者としては天武・持統両天皇、大伯皇女《おおくのひめみこ》・大津皇子姉弟、志貴皇子《しきのみこ》、穂積皇子《ほずみのみこ》、但馬皇女《たじまのひめみこ》のような皇族歌人が出たが、最大の存在はもちろん柿本人麻呂である。高市黒人《たけちのくろひと》、長意吉麿《ながのおきまろ》らの独特な魅力ある歌も、この期を彩っている。

第三期は奈良遷都から聖武天皇天平五年あたりまで(七一〇—七三三)。この二十余年間に、養老律令(七一八)が成立し、また長屋王《ながやのおおきみ》の変があった。『古事記』や『日本書紀』もこの期に出来たものである。作者には山部赤人《やまべのあかひと》、大伴旅人《おおとものたびと》、山上憶良《やまのうえのおくら》、笠金村《かさのかなむら》、沙弥満誓《しゃみまんせい》、高橋虫麻呂《たかはしのむしまろ》、大伴坂上郎女《おおとものさかのうえのいらつめ》など。

第四期は天平五年あたりに始まり、天平宝字三年と年代が記してある歌をもって『万葉集』の年代の最下限に達する(七三三—七五九)。この間、一時恭仁京に遷都したこともある。墾田永世私財法(七四三)、大仏開眼供養(七五二)、そして橘奈良麻呂の変(七五七)などがこの二十五年余りの間に生じた。作者には、前期から引き続いての大伴坂上郎女はじめ、大伴家持《おおとものやかもち》、笠女郎《かさのいらつめ》、田辺福麻呂《たなべのさきまろ》、狭野茅上娘子《さののちがみのおとめ》、中臣宅守《なかとみのやかもり》、そして東国の防人《さきもり》らがいた。東国農民の、多くは恋の歌である東歌《あずまうた》、また作者未詳の数多くの珠玉の作もまた、『万葉集』のきわめて重要な一翼を形づくることは言うまでもあるまい。

さて、以上二章での万葉概観をふまえて、私は以下に、『万葉集』を少年時代から折りにふれて読んできた人間にとって、現在どんな部分が最も魅力的に思われるかという観点に立ってこの厖大なアンソロジーの秀歌をとりあげ、鑑賞し、またあげつらうことにしたい。ただし、与えられている紙数が限られているため――というよりもむしろそれをもっけの幸いとして――歌の選びかたについては必ずしも世上評価の高い歌を優遇するのではなく、大いに偏ったところもあるにちがいない私自身の好みを優先させることにする。好みという言葉はきわめてあいまいだが、具体的な場においてはそれは決してあいまいなものでない。私は何よりもまず、小学校時代に読んだ『少国民万葉集』といったたぐいの万葉入門書以来の『万葉集』渉猟の中で、私自身にとってとにかく面白かった歌、興奮させられた歌、くりかえしおのずと口ずさまずにはいられなくさせられた歌、疑問を投げかけてきた歌、言葉に対する興味や事柄に対する探究心をそそられずにはおかなかった歌を、いわば私の感受性の責任においてとりあげ、鑑賞しようと思う。

その場合、まさに紙数の関係でどれだけのものを取りあげることができるかどうか心もとないのであらかじめ強調しておきたいが、『万葉集』にはいわゆる作者未詳の歌が実に千九百首ばかり含まれていて――全体の四割以上――、それらの中には、作者名の明らかな歌に比して何の遜色もない秀歌が多数あるのである。それらはいわば砂金のように集中にひろく散在している。しかし、従来の万葉鑑賞は作者研究あるいは時代研究と不可分に結びついているのが普通であったため、作者未詳歌は軽く扱われがちになるのは当然だった。それらのあるものは、「東歌」のある部分のように、採録された土地だけは明確にされているものもあるが、大半は作者も時代も土地も明示されていない。民謡的に謡われていたと思われるものの多い。そして、民謡的な性格をもった歌は、日本の古代詩のよさ、面白さをある意味で最も純粋な形で示しているといえる。それらの歌に対して私は深い愛着を感じていることを、まずもって書いておきたい。有名歌人の歌よりも、それらのあるものの方が一層私を楽しませてくれる場合が少なくないからである。

つまり私は『万葉集』を、現代の詩を読むのと同じ態度で読もうと思うのである。もちろん、それは言うに易く行うに難いことであろう。古代のうたが現在読んでも面白く思われるということの中には、詩句そのものが直接その魅力で私をうつ場合もあれば、歴史的その他の観点が加わるためにきわめて興味深いものになる場合もある。それは当然のことだが、その上でなお、私は『万葉集』を現代の詩を読むのと同じ態度で読もうと思う。言いかえれば、出会いがしらに相手の美しさや力強さにうたれるという、読者としての楽しみを何にもまして大事にしながら、『万葉集』を読んでみようと思うのである。

そして、そのような立場に立って論じるとなれば、私はおそらく、ある一人の古代詩人の作品にとりわけ多くの問題を見出すことになるだろうと思われる。その詩人とは、いうまでもないが、柿本人麻呂。

私自身が閑暇を得て本をひもとく単なる鑑賞者の立場で『万葉集』を読む場合なら、私の好みは、たとえば大伴旅人の気品、たとえば長意吉麿の機知、たとえば志貴皇子の清純、穂積皇子の闊達、あるいは山上憶良の思弁癖、高橋虫麻呂の浪曼性、あるいはまた大伴坂上郎女や笠女郎における女性的なるものの多彩性、そして大伴家持の歌日記といったものに、いくらでも楽しみの材料を見出すことができる。だが、本書ではそれらの好みをもちろん生かしながらも、いわゆる「論」を展開しなければならない立場に私はある。どのように『万葉集』を読むか、という問題は、ただ単に好きな歌を次から次に並べてみせるだけでは終らない。何しろこの集は、実に雑多な要素を包含しており、読み方もそれに応じて多様であるのが当然なのである。

したがって私は、本書では現在私が問題として面白いと思っている諸点について語ることになるだろう。場合によってはわが愛誦の歌のかなりの数を、うち捨てて顧りみないことにもなりかねないが、それはそれで仕方がない。では、船出することにしよう。

三　初期万葉の時代

1 「古代的」ということ

中大兄《なかつおほえ》近江宮に天の下知らしめしし天皇の三山の歌

香具山《かぐやま》は　畝火《うねび》ををしと　耳梨《みみなし》と　相《あひ》あらそひき　神代より　斯《か》くにあるらし　古昔《いにしへ》も　然《しか》にあれこそ　うつせみも　嬬《つま》を　あらそふらしき　巻一・一三

反歌

香具山と耳梨山とあひし時立ちて見に来《こ》し印《い》南国原《なみくにはら》　同・一四

「中大兄」は後の天智天皇。女帝斉明天皇の皇子である。これは皇子時代の作で、三山の争いの歌として古来有名なものだが、私がこれをまずとりあげるのは、長歌に語られている伝説に対する興味からというよりは、反歌の調べの大らかさ、その古代的表現の、古拙なるがゆえの力強さに対して共感するからである。とはいえ、私ははじめからこの反歌を好ましいと思って読んでいたわけではない。何ひとつ情緒的表現を含んでいないこの歌に対して情緒的に感動することは、たぶん誰にもできないことであろう。まして年少で読んだ場合には、字面《じづら》をただ一撫でしただけで終ること必定である。

ところが、私には今、このようなぶっきら棒の歌がかえって面白く思われる。しかしそれについて語る前に、あらかじめ長歌の方を見てみよう。これは字句解釈にやっかいな問題をかかえている作である。ここには香具山・耳梨山・畝火山という大和三山が妻争いの三角関係で戦い合ったという伝説がうたわれているが、この三山に性別があるために解釈上の問題が生じた。つまり、どの山が男性でどの山が女性なのか、という問題である。性別の受取りかたいかんで、解釈に違いが生じてくるからである。

この三山争いの伝説は、『播磨国風土記《はりまのくにふどき》』の揖保《いぼ》郡の条に語られているものと同じで、その中の「上岡《かみおか》の里」(現在の竜野市神岡町)のくだりに次の話がある。

出雲《いづも》の国の阿菩《あぼ》の大神、大倭《やまと》の国の畝火《うねび》・香山《かぐやま》・耳梨《みみなし》、三つの山相闘ふと聞かして、此《こ》を諫《いさ》め止《と》めむと欲《おもほ》して、上《のぼ》り来ましし時、此処《ここ》に到りて、乃《すなは》ち闘ひ止《や》みぬと聞かし、其の乗らせる船を覆《ふ》せて、坐《いま》しき。故《かれ》、神阜《かみをか》と号《なづ》く。阜《をか》の形、覆《ふ》せたるに似たり。

出雲の阿菩の大神が、大和三山の争いを仲裁すべく播磨の揖保郡上岡まで船に乗って急行してきたところ、争いがやんだと聞いたので、そこに船を裏がえしにしてそのまま鎮座した、という伝承が語られている。

そこで三山の性別の問題になる。

㈠、女香具山が男畝火山を雄々しいとして、男耳梨山と争った。

㈡、男香具山が女畝火山を愛《い》としいとして、男耳梨山と争った。

㈢、女香具山が男畝火山を雄々しいとして、女耳梨山と争った。

以上の三説が鎌倉中期の学僧仙覚《せんがく》の『万葉集註釈(別称・仙覚抄)』以来、近世・近代を通じてそれぞれ主張されてきた。㈠と㈡は男二人が女一人を奪い合う妻争い説話の型をふんでおり、㈢の説は女二人が男一人を争う形のもので、これは現代の折口信夫《おりくちしのぶ》の説だが、妻争い説話の型からはずれている点に難があるとされる。

近世以降の解釈で主流を占めてきたのは㈡で、これは「畝火ををしと」を「畝火を愛《を》しと」と解する立場に立つ。これに対し㈠は古く仙覚以来提出されている考えで、「ををしと」を「雄々しと」と解する立場に立つ。「雄々しと」か「を愛《を》しと」かによって、山の性別は変るわけだが、澤瀉久孝《おもだかひさたか》『万葉集注釈』は諸説を比較検証した上、三山のうち畝火山の山容がとりわけ「雄々し」の形容にぴったりであるという現実的論拠も加味して、㈡の説は採れないことを主張し、㈠の説を採用している。その論証は精細である。ただし、女香具山が男畝火山を「雄々し」と思うことはよいとして、その香具山が、なぜもう一人の男である耳梨山と争わねばならないのかについては、澤瀉説も十分説得的ではない。その点では、むしろ香具山・耳梨山を男とし、この二男が一女(畝火山)を争うという形の三角関係としてこれを読む従来の通説の方が、単に辞句の上から見るなら、据わりがいいように感じられるのも無理からぬところである。ただしそう読みとる場合には、今度は「をしと」の読みをどうするかという問題がからんでくる。香具山が畝火を「愛《を》しと」して耳梨山と争ったとした場合、畝火山は女性ということになるが、その畝火山は三山のうち最も「雄々し」の形容にふさわしい山とされている事実と矛盾するからである。

ともかく、この長歌は三山の妻争いをのべて、いにしえもそのようであったからこそ、現在の人間も妻争いをするものらしい、と言っているわけである。この部分では、現在の人間も、というところに、作者自身にひきつけた主観的な詠嘆を読みとることもできるし、そのように従来解されているのが普通だろうが、この部分はもっと突放した人間観察として読んだ方が歌の柄は大きくなると思われる。

さて反歌。これの背景をなすものが、さきに引いた『播磨国風土記』の説話である。「あひし時」の「あふ」は、相会する、遭遇する。そこから進んで、争う、戦うの意にもなる。「立ちて見に来《こ》し」は、阿菩《あぼの》大神が出雲を立って見にやってきた、で、主語である阿菩大神が省略された形。「印南国原」は今の明石市から高砂市にかけての平野。『風土記』にいう揖保郡と印南郡とではやや間が隔たるが、歌では印南となっている。同種の伝承が印南郡にもあったのだろう。そこで、反歌の大意は、「香具山と耳梨山が事を構えたとき、出雲国を立って見に来た印南国原なのだ、ここは」。

先に私は、この反歌に調べの大らかさ、古拙な表現のもつ力強さを感じると書いた。私の考えでは、この歌の魅力のポイントは、たぶん主格である阿菩大神の名が略されている点にある。そのため、今日の読者が読む場合、「立ちて見に来し」者の正体は不明なままに、ある巨大な存在の影だけが詩句の背後でゆらめく感じがあるのだ。しかも全体の道具だては、香具山・耳梨山・印南国原といずれも大景である。そのため、どこかから立ってここまでやってくる者もまた、巨《おお》いなるものでなければならないわけで、それが一首に単なる情緒的表現を越えた雰囲気をまとわせるのである。この場合、古代人の生活実感に即していうなら、三山の妻争い伝説は当時の人々の中に強い印象をもって生きていたはずだから、誰が出雲を立って来たのかをわざわざ説明する必要はなかったのである。さらにいえば、阿菩大神の名を歌の中で明示するようなことは、歌と信仰との関わりの深さからしても、避けて暗示するにとどめる方が望ましかっただろうと思われる。

いずれにせよ、この反歌は、現在のわれわれの表現論からすればむしろ不備に思えるようなところで、かえって大らかに力強い効果を生みだしているのである。ここには個人の主観的・抒情的詠嘆はひとつもない。あるのはただ、タ行の音のくり返しが生み出す、明確で強い効果にささえられた非個人的叙述の、神話性をおびた明るさ、大らかさだけである。

『万葉集』のこのような歌は、『古今集』以後の和歌集には絶えて見出しえない種類の歌であって、つまり「古代」というものがここにあるとしか言いようがない。

私がこの歌を好む理由はそこにある。

巻一のこれらの歌と同じ並びに、中大兄のもう一首の歌がある。

わたつみの豊旗雲《とよはたくも》に入日さし今夜《こよひ》の月夜《つくよ》清明《あきらけ》くこそ　巻一・一五

「わたつみ」はもと海神の意。転じて海。「ミは霊力ある者の意か」(日本古典文学大系「頭注」)という。

「海原の上に美しく大きく横たわっている豊旗雲、そこに入日が射している。今夜の月はどんなにさやかに照ることだろうか」

この歌は、自然の大景のうちに何かしら魅入《みい》られるような力、神秘を感じとり、そこに没入しつくそうとする心の動きが感じられる。やはり古代的な歌だ。やがて天智天皇となる中大兄皇子の詩的感性のうちには、呪術的要素とよびうるものがたっぷり波うっていたことが感じられる。なおこの歌の読みかただが、三句目「入日見し《いりひみし》」、五句目「きよくてりこそ・さやに照りこそ・さやけくありこそ・まさやかにこそ」などの訓が他にある。しかし私は少年時代からおぼえこんでいる訓に従った。

2 あかねさす紫野

天皇、蒲生野《かまふの》に遊猟《みかり》したまふ時、額田王《ぬかたのおほきみ》の作る歌

あかねさす紫野《むらさきの》行き標野《しめの》行き野守《のもり》は見ずや君が袖振る　巻一・二〇

皇太子《ひつぎのみこ》の答へましし御歌　明日香宮《あすかのみや》に天の下知らしめしし天皇、謚《おくりな》して天武天皇といふ

紫草《むらさき》のにほへる妹《いも》を憎くあらば人妻ゆゑにわれ恋ひめやも　同・二一

あまりにも有名な恋の贈答の歌である。『万葉集』にはじめて接した人で、この巻一のはじめの方に出てくる贈答歌に惹かれなかった人も少ないだろう。才媛額田王が、最初天智天皇の弟大海人皇子《おおあまのおうじ》(すなわちこの贈答の答歌の作者)とのあいだに十市皇女《とおちのひめみこ》を生み、この贈答の行われた天智天皇七年当時には、天智に召されていた女性であったという事実から、三人のあいだに胸ときめかすような三角関係を空想し、その空想によって右の二首の唱和そのものを染めあげながら、「あかねさす紫野行き標野行き」をくりかえし愛誦した人びとは数えきれないほどいたはずである。もちろん私もそういう少年の一人だった。

だが、そのようなロマンティックな思い入れでこの二人の「元愛人」同士の唱和の中に「忍ぶ恋」の告白を読みとろうとする鑑賞は、今では成りたたない形勢にある。かつての素朴な一読者としては残念な気がしないでもないが、仕方がない。

二首の唱和の左注によれば、天智天皇七年(六六八)五月五日、近江の蒲生野で遊猟が催

され、皇太弟大海人皇子、諸皇族、内　臣《うちつまえつきみ》(藤原鎌足)、群臣、ことごとく供をしたとある。ここにいう「遊猟」とは、五月五日に行われる慣習だった薬狩で、男は鹿の鹿茸《ろくじょう》(袋角)、女は薬草を採る。大宮人はみな官位に応じた華やかな服装でこれに加わったものらしい。つまり、これは行楽色の濃い宮廷の儀式だったわけで、狩猟が終れば盛んな宴が催された。この二首は、その宴席での贈答歌だった。それは二首が人びとの面前で唱和されたものであることを意味する。掛け合いの内容そのものは忍ぶ恋だが、それが披露され、賞《め》でられた場は、衆人環視の場であった。

少々うがって考えれば、そのような場であったからこそ、歌の主題が忍ぶ恋であることは重要だった。この主題は秘められた情熱をうたうものだから、当然人々の興をそそったはずである。浮き浮きした宴席の場では折りに合っておもしろいと喝采されたにちがいない。その上、額田王と大海人皇子がかつて愛人関係にあったことは、これらの歌のもたらす効果に、ある意味で絶妙な味つけをほどこすことになった。人びとは公開の席で大っぴらに唱和された恋の贈答に拍手喝采しながら、同時に、二人の中年男女の胸のうちにひそむ秘められた思いが、この意識的に大向うをねらった公開の歌の中に案外にもそっと洩らされているのかもしれない、などと勘ぐって興じる材料さえも与えられたわけである。

そのように考えるなら、この二首の唱和は、かつて素朴な少年読者を陶酔させたような直情的な忍ぶ恋の歌ではないにしても、依然として情緒に含み多く、調べに朗々たる張りのある、成熟した男女の恋の唱和であり、万人に愛誦されるにふさわしい逸品だったといわねばならない。

いずれにせよ、当時の額田王の年齢は、彼女が十市皇女を生んだ時期その他を考え合わせてみるに、三十代の後半ないし四十歳前後にも達していただろうから、情熱的な恋愛に身を焦がす時期はとうの昔に過ぎていたはずである。

さらに、これらの歌が『万葉集』巻一、すなわち「雑歌《ぞうか》」を収める巻に編入されており、「相聞《そうもん》」の歌の扱いを受けていなかったことも、ここで思い合わせるべきだろう。つまりこの唱和は、少なくとも歌の分類に関するかぎり、「遊猟」という儀式的行事に付随して詠まれた公式的な歌の扱いを受けているわけである。

さて、右の二首について、かねがね私が解釈上疑問に感じている点を考えてみたい。

こんなに有名な歌であるのに、二首とも解釈に揺れを生じさせる部分を含んでいる。『古今集』以下の勅撰和歌集の場合には、歌一首々々の辞句は、撰者によって能うかぎり精緻に検証され、時には撰者による修正までもほどこされて洗練された形で提示されているから、辞句が表わしているものについての基本的な解釈の揺れは、おおむね最初から取り除かれているのが普通である。しかし『万葉集』は違う。辞句の背後にどんな意味が横たわっているか、言いかえれば、シニフィアン(能記)としての語がいかなるシニフィエ(所記)をさし示しているのかについて、解釈がいくつにも割れる場合が少なくない。

すでにとりあげた中大兄の三山の歌で、「香具山は畝火ををしと耳梨と相あらそひき」の「ををしと」をめぐって、「雄々しと」と解するか「を愛《を》しと」と解するかで、解釈上に大きな相違を生んだのも、その一例にほかならない。

「あかねさす」の歌の場合はどうか。

「あかねさす」は紫・日・昼などにかかる枕詞。「紫野」は根から貴重な紫色の染料をとるための紫草を栽培する野。「標野」は、杭や竹で特定の区画を囲い、占有の御料地であることを示して一般の立入りを禁じた野をいう。転じて、相聞歌で「標結《しめゆ》ふ」とある場合には、一人の女性をわがものとして独占し、他人の侵犯を禁じることを意味した。額田王のこの歌における「標野」にも、そのような含みを感じとろうと思えば感じとれるところがある。大海人皇子の答歌に「人妻」の語が用いられているのは、その含みに呼応しているともいえよう。

「野守」は標野の番人。暗に天智天皇を指すという説もあって、この唱和の中に天智・大海人・額田の三角関係を読みとろうとする立場からすれば魅力的な説だろうが、うがちすぎた見方である。公的な場で披露される歌を、そのような私的ほのめかしをこめてうたうということは、和歌というものが言霊《ことだま》の発露として生活そのものの中に生きていた時代にあっては、ありえないことだったはずだからである。

さて、古来この「あかねさす」の歌の「紫野行き標野行き」について、「行く」のは「野守」なのか「君」なのか、論議がくりかえされてきた。現代の注釈書も、本によって「野守」をとったり「君」をとったりしているが、またこの主語を、野守とも君とも特に限定しない立場をとる本もある。そのあたりに、『万葉集』を読む上でのある意味でのわずらわしさ、また別の意味でのおもしろさもあると言っていい。私自身は「行く」者が野守であるとは思わない。作者は「紫野行き標野行き」を鮮明なくり返し効果を利用しながらたたみかけることによって、「行く」動作を強く印象づける方法をとっているが、このように強調される動作を行う主体は、当然この歌における最も中心的な存在であるべきだろう。つまりこれは、主役たる「君」の動作であると考えるのが、ごく自然な詩の論理である。

では「行く」のは「君」であると言い切ってよいのだろうか。どうもそれだけではないという感じがつきまとう。それは結局、この歌を頭から口誦《くちずさ》んだときに私たちがどういう感じをいだくか、ということと密接につながる問題なのである。上《かみ》三句がまずもって喚起するのは、広々とした原野をひたすら行きに行く移動感覚そのものである。そこに人称意識の介入する余地はほとんどない。むしろ、この移動感覚そのものが、この上三句の「主語」なのだと言ってもいいほどである。それゆえにこそ、これを口誦むとき、必ずある種の快さがそれに呼応して私たちの内部に湧くのだと考えられる。

下《しも》二句にいたると、こうして醸成された移動感覚に包みこまれるようにして、「野守」が現れ、「君」が現れる。「君」は、いわば真の主語だが、歌の中ではしんがりの第五句にいたってやっと出現する。そのため、「行く」という、すでに上三句で生き生きとうたわれていた感覚を、主語として独り占めにすることは、もうできないのである。それこそ私が、「行く」という動作の主体を「君」であるとしながらも、そのように限定してしまうと何かしらしっくり来ないものを感じてしまう真の理由だと考えられる。

ところで、この歌の場合、宴の場で披露されたであろうゆえに生じるもう一つの重要な側面があった。つまり、「あかねさす紫野行き標野行き」と額田王がこれを朗誦したとき、この上三句は、その場に居合わせたすべての人びとによって、彼ら自身がその日体験した事実をうたいあげた詩句として、共感をもって受けとめられたはずだからである。「紫野行き標野行き」したのは、この瞬間、そこに居合わせた一人一人の廷臣すべてなのであった。「行く」動作の主語は、その意味でも「君」に限定され得ないものを持っていた。

口誦文芸としての古代和歌だから、こういう問題が生じた。稲岡耕二氏がこの問題にふれて次のように書いているのに私は同感である。

「狩猟後の宴席で額田王がこの歌を口誦披露したとすれば、聴く人々すべてが野を行き来した一日の遊びを想起しつつこの句を享受するわけで、第四句・第五句から倒逆的に『行き』の主語を考えるような、記載文学的な理解はこの歌に即さないものと思う。歌い手の『吾』を含めた集団が『行き』の主語となるのである。」(稲岡耕二『万葉集』尚学図書、一九八〇年)

額田王の歌には口誦時代の和歌の本質がありありと見られると私は考えるが、そのいちじるしい特徴の一つは、彼女の歌が、右に見たように、「主語」を限定しないままで朗々と歌いあげられることが多い点にある。たとえば——

熟田津《にきたつ》に船乗りせむと月待てば潮《しほ》もかなひぬ今は漕ぎ出でな　巻一・八
三輪山をしかも隠すか雲だにも情《こころ》あらなも隠さふべしや　同・一八

3　むらさきのにほへる妹

次に大海人皇子の歌、「紫草《むらさき》のにほへる妹《いも》を憎くあらば人妻ゆゑにわれ恋ひめやも」について。

「紫草《むらさき》の」は紫草の根で染めた紫色のように美しく照り映える、という意味で用いられた形容で、「にほへる妹」と続くことによって、艶にうるわしい相手の容貌をたたえている。額田王の贈歌では「紫野」として歌われ、「草」そのものだった紫草が、こちらでは「色」として出てくる点が注目される。

元来贈答の歌にはある種の型があって、贈歌の用語を反復して用いながら答歌ではその語に別の意味を盛り、意識的に反対のことをいう場合がある。これは贈答歌がもともと問いかけと答えとから成る問答歌に原型を持っていたことからくる、ごく自然な技巧であるが、またそれゆえに、素朴でありながら興味をそそる詩的装置にもなっているのである。

額田王と大海人皇子のこの贈答にも、その痕跡があるともいえるだろう。

ついでにここでその問題について少しふれておけば、たとえば『万葉集』巻十二に並べられた十三組の問答歌の中に次のようなものがある。いずれも作者未詳の歌。

ねもころに思ふ吾妹《わぎも》を人言《ひとごと》の繁きによりてよどむ頃かも　巻十二・三一〇九
人言の繁くしあれば君も吾も絶えむといひて逢ひしものかも　同・三一一〇

前者は男、後者は女の歌である。万葉時代の恋人たちにとって最大の障害の一つは「人言」つまり人の噂だったようで、「人言」の繁きことを嘆く歌は約百八十首もあるという（伊藤博『万葉集相聞の世界』）。人言を恐れ、人目を気にするのが、とりわけこの島国にいちじるしい心理状態かどうかは知らないが、日本人のこういう心性が古代からすでにこれほどにも顕著だったことは興味ぶかいことである。しかも、女よりは男においてその傾向はどうやら一層強いという特徴がある。右の問答歌でも、男の方は人の噂を恐れて女のもとに通う回数もついつい少なくなることを言いわけがましく歌っているのに対し、女の方は逢瀬が稀れであればあるほど一層激しい情熱をもって、決死の思いをしてまでも恋人と逢ったのだと歌っている。

この男女の態度の差は、当時の結婚形態が男の妻問い婚という形であったこととも深く関わることだろう。女のもとに通ってゆくのが常である男には、人目にじかにさらされているという自覚が強かったはずだからである。また女の方は、たえず待つことを強いられている立場なので、いったん逢うことができたときには、それは千載一遇の機会とさえ思われたはずで、それゆえ歌は、人言が繁ければそれだけ一層はげしく、と思いのたけをそのまま歌いあげるものになったのである。こうして、この二首の問答歌では、「人言の繁き」という同じ語句が、男女それぞれでほとんど相反する意味をこめて用いられることになっている。

もう一組の問答歌をあげてみる。こちらも同じく恋愛の歌だが、内容は余裕ある笑いの歌だ。

門《かど》闔《た》てて戸も閉《さ》してあるを何処《いづく》ゆか妹が入り来て夢に見えつる　巻十二・三一一七　作者未詳

門闔《た》てて戸は閉《さ》したれど盗人《ぬすびと》の穿《ほ》れる穴より入りて見えけむ　同・三一一八　同

この種の機智の歌は『万葉集』巻十六をはじめとして集中に少なくない。それらは『万葉集』という日本最古の大アンソロジーの内容に厚味と奥行きを加える、重要で貴重な要素であることを、ここで指摘しておきたい。というのも、近代以降の日本における古典鑑賞上の通弊に、機智や笑いに対する軽侮、あるいは無視といういちじるしい傾向があったからである。それは大局的にいえば、明治の新政府による中央集権の確立とともにはっきり生まれてきた傾向だったといえるだろう。国家が富国強兵、殖産興業の根本方針をたて、それを児童教育の段階から効果的に国民に浸透させていけば、国民はまた、勤倹力行してわが名をたて家を興すことをもって個人の倫理の重要な課題としたから、どちらの側からしても、機智や笑いが積極的な意味で文学・芸術上の大切な価値と見なされるような余裕ある態度は生まれるべくもなかったのである。

ここで「紫草《むらさき》のにほへる妹を」の歌に戻ることにしたい。「にほふ」は古代においては香りをいう場合は稀れで、色が明るく映える状態をいう。すなわちここでは、「妹《いも》」の容色の形容となっている。そこでこの歌の大意だが、「紫の色の照り映えるようにうるわしい妹を、もし好ましく思わないのだったら、どうして人妻ゆえに私が恋をすることなどありましょうか」。

私はここで、原文の「人妻ゆゑに」の語を、大意においてもそのまま生かして用いたが、このユヱニについては語釈上議論があることを付け加えねばならない。元来ユヱニは事柄の原因・理由・縁故をいう語である。しかし右の歌の「人妻ゆゑに」を、たとえば「人妻であるから」「人妻であるがために」という文脈で解釈しようとすると辻褄がうまく合わないことになる。そのため、このような場合のユヱニは、現代語訳では「ダノニ」の意味にとるべきであるという説明がなされていて、なるほどそうとれば理屈はすんなり通る。実際、かなり多くの注釈書がそのような訳をつけてもいる。「すでにあなたは人妻だのに」のようにはっきりその解釈を訳文でも強調しているものもあれば、「人妻と知りながら」とやわらかにかみくだいているものもあるが、基本的には「ユヱニ」のうちに「ダノニ」の意を読みこんでいる訳である。

このような解釈が成り立つ理由については日本古典文学大系本『萬葉集』一の「補注」二一にくわしくのべられているので参照されたいが、多数の万葉歌における用例をあげつつのべられているその説明の要点は次の通りである。

「ユヱが受ける前段の事態から当然予想される結果と相反する事態が後段に現われる場合に用いられたユヱは、現代語では訳語としては…ダノニとすべきもののようである。」

「このような…ダノニとなる場合は、多く、前段の条件文の中に否定のズを含んでいる。」「さらに一歩を進めると、前段に否定のズを含まなくとも、そこに表現された内容が因となって、当然予想される結果に相反する事態が、結果として起って来る場合がある。その場合も、すべて、…ダノニと訳すべきものとなる。例えば(中略)『紫草《むらさき》のにほへる妹を憎くあらば人妻ユヱニ我恋ひめやも』の場合、人妻という単語だけで、当然、他の人間がそれを恋うてはならないことが示される。従って、自分がその人妻を恋するはずは無いのである。しかも、自分は恋している。そこで、『紫草のように美しい面立ちのあなたが憎いならば、あなたはすでに恋してはならない人妻ダノニ私が恋するということがあるものか』という表現となる。」

文法的な観点からするこの補注の説明は、合理性という点では十分説得力があるが、かゆい所に手が届くような入念な合理性で詩を解剖するだけで詩の魅力のすべてをつくすわけにいかないこともまた事実である。少なくとも私は、「ユヱニ」を「ダノニ」と解釈すべきだという説にはじめて接したとき、「なるほどそれですっきりする」と納得すると同時に、「しかしそういう合理的に納得できる訳をつけてしまうと、『人妻ゆゑに』がもっている舌足らずにも似た短絡的表現の強さも、いっしょに失われてしまうのではないか」と

いう物足りなさも感じたのだった。さらに、右大系本「補注」がたとえば、

　はしきやし逢はぬ君ユヱいたづらにこの川の瀬に玉裳ぬらしつ　巻十一・二七〇五

を「ああ逢いに来てくれないあなたであったのに、私はいたずらに川の瀬に裳裾を濡らしてやって来たことである」と訳し、また、

　小竹《しの》の上に来居て鳴く鳥目を安み人妻ユヱニわれ恋ひにけり　巻十二・三〇九三

を「やさしい目をして私を見たので、あなたはすでに人妻デアルノニ、私はあなたに恋してしまった」と訳しているのを見ると、同じ感想がまた浮かぶ。これらの例歌における「ユヱ」や「ユヱニ」は、詩としてこれらを味わうに当って、どうしても「デアルノニ」という文脈で、いわばだめ押しするような明確さをもって読みとらねばならないものとは感じられない。むしろ、「ノセイデ」というほどの意味にとっておいた方が、歌に対する感受に余裕が生じ、歌そのものにとっても具合がよいのではないかと思う。ただし、「人妻のせいで」とそのまま訳すのも露骨にすぎる。それならいっそのこと、原文通り「人妻ゆえに」とやっておいてもいいではないか。「ゆえに」は、現代語としても十分まだ通用する、というのが、私が先に大意をかかげた際、「人妻ゆえに」をそのまま用いた理由である。

以上は、歌の語釈と歌の鑑賞・感受とのあいだによこたわる不即不離の関係についてふれたのである。

こまかい語義解釈の問題についてはこれで措く。二首の贈答歌にふたたび戻って口誦んでみれば、額田王の歌の明るい調べにこもる、いちずで陶酔的な心情、大海人皇子の歌にあらわれている、いい意味で押しの強い闊達な性格は、両者あいまって、この贈答歌二首を万葉屈指の愛誦歌たるにふさわしいものだと感じさせている。

4 「人妻」の論

さて、両者の贈答において重要なポイントをなしていたのは、女が「人妻」だという点にあった。そして、「ゆゑに」を「ダノニ」の文脈でとらえるべしとする説の根本的な前提となっているのは、「人妻」というだけですでに「当然他の人間はそれを恋うてはならないことが示される」という認識であった。そういう禁止が前提としてあり、それダノニ私は人妻を恋してしまった、という形で嘆きが歌われるというわけである。

この問題はなかなか面白いので、少々これをめぐって散策してみたいと思う。というのも、ここでは「人妻」は、ちょうど額田王の歌における「標野」のようなもので、他人の立入りは禁じられているという前提で歌にうたわれる。現実生活でも厳密にそうであったかどうかは、私には疑わしいが、歌にうたわれる限りにおいて、「人妻」という語には、たしかにそのような性格が与えられていた。

そこで問題は、そのような「人妻」に対して男たちは普通どのような態度をとったか、という点にある。つまり、触れてはならぬ人妻デアルノニ恋してしまうのか、それとも、触れてはならぬ人妻デアルがユエニ、一層心をそそられるのか、という問題である。これは先にふれた「ユヱニ」の読みとり方にも深いところでは関りがある問題だろうと思うが、今はそれにはふれない。ただ私は、右の点に関していえば、「人妻」の語が出てくる場合、歌い手の心の動き具合としては、後者の方が圧倒的に優勢だったのではないかと想像する。実証的にすべての歌を確かめてみたわけでは毛頭ないから、あるいはまちがっているかもしれない。しかし「人妻」の語がある種の思いをこめて歌の中で用いられているのはなぜかと考えてみれば、それが単に一つのきびしい身分的限定を示すからではなく、むしろ身分的限定あるがゆえに一層魅力を感じさせる存在をその語が喚起するからにほかならない、という結論に達するのは、ごく自然な道筋ではなかろうか。

傍証となりそうな例をかかげることにする。

『古今和歌六帖』という私撰の類題和歌集がある。十世紀初頭に成立した『古今集』よりも、半世紀以上遅れたころに成立したのではないかと考えられていて、撰者は未詳だが、六条宮兼明《かねあきら》親王とか源順《みなもとのしたごう》の名があげられている。収録歌数約四千四百首は『古今集』のほぼ四倍、『万葉集』にほぼ匹敵する。『万葉集』から『古今集』、さらにそれ以後の時代にまでまたがる多種多様な歌を集めており、『古今集』の整然たる古典主義とはうって変って、多数の大項目、小項目の題目のもとに、玉石混淆、雅俗ごたまぜの歌を分類収録しているが、むしろそれゆえに、きわめて注目すべき内容の歌集となっている。その『六帖』の第五に、「人づま」という題があって次の七首をのせている(『国歌大系』本による)。

人妻は森か社《やしろ》かから国の虎ふす野べか寝てこゝろみむ
ま玉つくこしの菅原われ刈らで人の刈らまく惜しき菅原
蘆の屋のこやのしの屋の忍びにも否々まろは人の妻なり
紫に匂へる妹をにくくあらば人妻故に我が恋ひめやも
榊にも手は触るなるをうつたへに人妻にしあれば恋ひぬものかは(『国歌大観』本「こひ

ぬものかも」)

もみぢ葉の過ぎがてぬ子を人妻と見つゝや居らむ恋しきものを

誰ぞこのぬしある人を呼子鳥声のまに〳〵鳴き渡るらむ

二首目の「ま玉つく」は、『万葉集』巻七の作者未詳歌で、原歌は「真《ま》珠《たま》つく越《をち》の菅原われ刈らず人の刈らまく惜しき菅原」(一三四一)である。

右の七首を読んで私がまず思うことは、『古今和歌六帖』の編者の編纂態度の自由闊達さである。第一首目からしてその態度はみごとに表明されている。この歌が人妻を森とか社とかになぞらえているのは、いうまでもなく犯すべからざる聖なる存在としての人妻という観念から来ているが、「から国(韓国)の虎ふす野べ」に人妻をなぞらえるにいたって、そこには誇張にともなう笑いの要素まで加わり、それによって「人妻」のイメジはなまなましい実感をそなえることになった。

二首目は、先に引いたように、『万葉集』では「越《をち》の菅原」とあるところが「こしの菅原」と、おそらく意図的に仮名書きされているために、またもやある種のなまなましい「人妻」のイメジがそこに喚起されることになった。というのも、「またまつく」は元来

「玉を付ける緒」の意から「ヲ」にかかることになる枕詞なので、「越《をち》」にはかかっても、「コシ」にかかることは、枕詞としてならありえないからである。それを、「越」→コシ→「腰」と読みかえることを許すようなやりかたで仮名書きにして『六帖』に収録したところに、『六帖』編者の遊びがあり、機智があったと私は考える。そしてそのような含みがあるなら、「またまつく」という枕詞そのものも、何となく艶っぽいニュアンスを帯びてくることになる。すなわち、「真《ま》珠《たま》(真《ま》玉《たま》)付く腰」あるいは「真《ま》珠《たま》(真《ま》玉《たま》)突く腰」。

一首目、二首目と人妻に対する露骨なまでの願望の表現が続いたあと、男がついに人妻に忍んで言い寄り、女は「いやですわ、私は人妻よ」と一応拒絶する形の歌が三首目に続く。そして四首目には、まさに大海人皇子の作がおかれて、人妻への恋の正当性をうたいあげ、五首目(『万葉集』巻四・五一七)では、触れることを禁じられている神木にさえ手を触れることがあるのに、まして人妻だもの、ひたすら恋わずにいられようか、とさらに強く言い放つ。(『万葉集』そのものではこの歌は「神樹《かむき》にも手は触るとふをうつたへに人妻と言へば触れぬものかも」であって、この場合には人妻なるがゆえに神木よりもさらに触れがたい厳しさをひた嘆く心が表に出てくる。)六首目、七首目は、ふたたび人妻という近寄りがたい存在への慕情を訴えた歌を並べて、この七首一連は終る。明らかに連続性が意識されている。

『古今和歌六帖』の編者は、人妻を歌った七首の古歌を、このような選び方で、このように排列することを通じて、「人妻」というものが詩的モチーフとしていかに興味ぶかいものであるかを示そうとしたとはいえないだろうか。言いかえれば、彼は七首の互いに無関係な歌に、ある種の排列を与えることによって、一つの文学的主題の存在を示したのである。アンソロジーの編纂という仕事のもっている意味が、おのずとそこに浮かびあがっている。

十世紀のころに、そんなことまで考えていちいち本を編んだりすることがありえただろうか、と疑問を感じる読者も少なくないかもしれない。私が故意にこのような推理仕立ての論を展開したのだと考える向きもあるだろう。しかしそういう読者には、ぜひとも日本の奈良朝、平安朝文学の実態にもう少し接近してみていただきたい。さしあたって今ふれた『古今和歌六帖』のような私撰アンソロジーを、『古今集』のような公の勅撰アンソロジーと表裏の関係においてのぞいてみるだけでも、学校の国語や文学の授業ではほとんど教えられることのなかった興味ある世界がそこにひろがっていることに、いやでも気づくはずである。私はそういう点について自分自身が長年無知だったことに口惜しい思いをしたことが何度あったか知れない。『うたげと孤心』(集英社)をはじめとするいくつかの拙著、また『折々のうた』(朝日新聞連載、岩波新書)のような論評つきアンソロジーの試みを通じて書いてきたことのすべては、そのような意味での日本詩歌再発見の試みだったし、今「人妻」についてしるしたこともまた、そういう文脈の上にある。

これはまた、日本の詩歌の中で、機智や笑いの要素がいかに普遍的な価値として広くゆき渡っていたかを示すひとつの事例でもあったといえるだろう。

「人妻」をめぐる一章のしめくくりとして、以下に高橋虫麻呂《たかはしのむしまろ》の筑波山の嬥歌《かがい》(歌垣)をうたった長歌を引いておくことにしたい。虫麻呂は養老から天平初年、あるいは天平中期あたりにかけて活躍した万葉第三期(から第四期にかけて)の歌人である。東国に地方官として下り、水江浦島子《みずのえのうらしまのこ》や勝鹿《かつしか》の真間娘子《ままのおとめ》、菟原処女《うないおとめ》などの伝説を下敷きにした伝説歌、また以下に引く筑波山の嬥歌《かがい》の歌などを作ったことで知られているが、全作品三十四首中長歌が十四首もあるのは異色で、漢文学の影響も顕著である。古代への憧れが強く、彼の旅の歌にはそのような意味での浪曼性がある。次の一首にもそれを見ることができる。

筑波嶺に登りて嬥歌会《かがひ》をせし日に作れる歌一首　幷《あは》せて短歌

鷲の住む　筑波の山の　裳羽服津《もはきつ》の　その津の上に　率《あとも》ひて　未通女壮士《をとめをとこ》の　往き集《つど》ひ　かがふ嬥歌《かがひ》に　他妻《ひとづま》に　吾《あ》も交《まじ》はらむ　あが妻に　他《ひと》も言問《ことと》へ　この山を　領《うしは》く神の　昔より　禁《いさ》めぬ行事《わざ》ぞ　今日のみは　めぐしもな見そ　言《こと》も咎《とが》むな　巻九・一七五九

反　歌

男《を》の神に雲立ち登り時雨《しぐれ》ふり濡れ通るともわれ帰らめや　同・一七六〇

この歌は虫麻呂が筑波山一帯の風習をいわば当時における旅行記作家として描写したものだろうから、彼自身が実際に妻をともなって嬥歌に参加したのかどうかは問題にしなくていいだろう。いずれにせよこの歌には、筑波に登って嬥歌する今日という日だけは、山を領有する神の許しを得て公然と「他妻《ひとづま》に　吾《あ》も交はらむ　あが妻に　他《ひと》も言問へ」と言いうる日であることが歌われている。

そこで私の連想はおのずとさかのぼって、あの天智天皇七年五月五日の蒲生野の遊猟に及ぶ。額田王と大海人皇子の「人妻」をめぐる唱和が行われた宴席は、なるほど宮廷社会の儀礼的に洗練された園遊会のようなものではあったろうが、本質においては、民間におけるこの山上での、または各地の市《いち》における、嬥歌の風習に、底部で相通じる要素をもっていたのではなかろうか。

まったくの素人考えだが、そういう空想を刺戟するところが、二人の唱和にないわけではない。「人妻」に少なくとも歌の形でなら公然と言い寄ることが、こういう特別の宵には許されていた、あるいはむしろ期待さえされていた、ということも、考えられないではない。

「詩歌」というものが、単なる実用の具としての性格を脱して芸術的な性格を帯び、大勢の人の美的鑑賞に堪えるものになってゆく過程さえ、額田と大海人の唱和の背後に見てとることができるのではないかというのが、私の考えである。

歌が単なる個人の喜怒哀楽の表白としてではなく、集団の場で大勢の人のためにうたわれ、また彼らの意思を代弁するようになる――「挽歌《ばんか》」や「賀歌」や「羇旅《きりょか》歌」においてその性格はとりわけ強い――ためには、そこに何らかの意味で万人共通の「技術」が発明され、伝承されねばならず、それの習熟者は必然的に一種の職業歌人的専門家にならざるをえなかった。

柿本人麻呂や山部赤人の出現は、そのような意味で、詩史的必然性をもっていたのである。

5　その他の秀歌

初期万葉時代の歌をさらに数首引いておくことにする。

有間皇子《ありまのみこ》、自《みづか》ら傷《いた》みて松が枝《え》を結ぶ歌二首

磐代《いはしろ》の浜松が枝《え》を引き結びま幸《さき》くあらばまたかへりみむ　巻二・一四一

家にあれば笥《け》に盛《も》る飯《いひ》を草枕旅にしあれば椎《しひ》の葉に盛る　同・一四二

有間皇子は孝徳天皇の子、母は阿倍倉梯麻呂《あべのくらはしまろ》の娘小足媛《おたらしひめ》。斉明天皇四年(六五八)十一月、天皇の紀伊行幸の留守に蘇我赤兄《そがのあかえ》にそそのかされて謀叛をはかったが、赤兄の裏切りによって発覚、行幸先の紀州牟婁《むろ》の湯(今の白浜町湯崎《ゆのさき》温泉)に連行され、皇太子中大兄《なかのおおえ》(後の天智天皇)の訊問を受けたのち、藤白の坂(今の海南市藤白)まで連れ戻されてそこで絞首刑に処された。十九歳だった。右二首は連行されてゆく途中、牟婁の湯の手前二十数キロの地点にある磐代(岩代)での作である。

「磐代の浜の松の枝を引き結び(旅の無事を祈ってわが魂をこうしてここに結びこめてゆく)、もし命ながらえることができたなら、また立ち帰ってこれを見よう」

「家にいれば笥《け》に盛って食べる飯であるのに、こうして草を枕の旅にある身だ、椎の葉に盛っている」

旅人が道中で草や木の枝を結ぶのは、身の無事を祈るまじないとしてであった。自らの魂を結びこめ、ふたたびここに帰り得たときは結び目を解いたのである。有間皇子の場合、訊問を受けたのち送還され、この磐代を通りすぎたが、その後藤白で絞首されたのである。十九歳の青年は、自分が引き結んでいった松の枝をほどく機会を与えられただろうか。いずれにせよ、有間皇子の悲運の死と、この二首の自傷歌は、都の人々に深い同情をもって伝えられたものらしく、『万葉集』ではこの二首のあとに、有間皇子を悲傷して追懐する長忌寸《ながのいみき》意吉麿《おきまろ》の挽歌二首、山上憶良《やまのうえのおくら》が意吉麿の歌に和して作った挽歌一首が続けて収載されている。

なお、有間皇子の二首目については、わびしい旅中の食事をうたったものとする解のほかに、戦後高崎正秀によって提唱された、道祖神への供え物としての神饌《しんせん》をうたったものだとする、民俗学的見地からの説がある。魅力ある説だが、そのような学問的論争に無縁な素人の感じかたからすると、もしこれが道祖神への祈願の歌だとするなら、歌の表現そのものにもう少し神への祈りの気分がこめられていて然るべきように思われる。神饌をうたったものとして見た場合、この歌の表現ではあまりにも事実をならべただけにすぎず、道祖神がはたしてここから心をこめた祈願をくみとってくれるものかどうか、はなはだ心もとなく思われる。神饌説への私の疑問はそこにある。万葉時代の古人の歌は、たとえ事象の列挙にすぎないように見える場合でも、その背後からまぎれもなく抒情的な思いが放射されてくるのが通例であって、そうでない歌を探し出すのはむしろ難かしい。

そういう新説を知った上で、あらためてこの歌を、みずからの不安にみちた旅の、わびしい食事をそのままうたった歌として読み直してみると、うら若い作者のよるべない孤独な思いが、むしろ一層しみじみ伝わってくるような気がする。やはりこの歌はそのようなものとして解釈された方がいい。少なくとも、歌としてはその方が格段によく思われる。

有間皇子の非業の死を、まだ身近な過去の事件として実感できる立場にあった意吉麿や憶良も、この歌をそのようなものとして読み、胸うたれたのではなかったろうか。歌の命の最も肝心な輝きは、究極のところ言葉そのものを通じて伝えられる以外にないのである。

山の端《は》にあぢ群《むら》騒き行くなれどわれはさぶしゑ君にしあらねば　巻四・四八六　斉明天皇

「崗本天皇《おかもとのすめらみこと》の御製一首　并に短歌」とある長歌と反歌のうち、反歌。崗本天皇については舒明、斉明両帝いずれかについて古くから問題があるが、斉明天皇とする説に従う。「あぢ群」はアジガモの群。群をなして騒がしく鳴く鴨という意からか、アヂムラノサワキという言い方がよく見られる。「さぶしゑ」のヱは感動を表わす助詞。「山の端のあたりを、群れ騒ぎつつあじ鴨が飛んでゆくが、私はさびしくてたまりません、あの楽しげな鳥どもは、あなた様ではないのですもの」素朴な恋歌である。鳥の群のにぎやかさがあるから、それを眺めている女のさびしさがくっきり浮かび出てくる。

秋山の樹《こ》の下隠《したがく》り逝《ゆ》く水のわれこそ益《ま》さめ思ほすよりは　巻二・九二　鏡王女

鏡王《かがみのおおきみ》女は額田王《ぬかたのおおきみ》の姉かといわれてきたが、否定説もある。藤原鎌足《ふじわらのかまたり》の正室となった。右の歌は天智天皇から賜わった歌、

妹《いも》が家も継ぎて見ましを大和なる大島の嶺《ね》に家もあらましを　巻二・九一

に対して和した歌とある。王女の歌との唱和関係が、いまひとつしっくりしていない感じがあるので、ここでは彼女の歌だけを取上げる。

「秋山の木の下隠れに流れてゆく水の(水かさが増す)ように、私の方こそ一層深くお慕い申しあげていましょう、あなた様がお思い下さるよりも」

この歌の上《かみ》三句、「逝く水の」までは、下《しも》二句の序詞だが、木の下に隠れつつ流れてゆく水の描写がそのまま一人の女性の心のたたずまいを暗示している点が魅力的。「逝く水の」は「益《ま》さめ」にかかる。水が増す↓思いが増す。このような修辞法が歌に優雅なふくらみをもたらしているのは言うまでもない。

君待つとわが恋ひをればわが屋戸《やど》のすだれ動かし秋の風吹く　巻四・四八八　額田王

風をだに恋ふるは羨《とも》し風をだに来《こ》むとし待たば何か嘆かむ　巻四・四八九　鏡王女

二首並べて、先にあげた斉明天皇の相聞歌の次の位置におかれている。額田王の歌は「近江天皇《おうみのすめらみこと》」すなわち天智天皇を思《しの》んで作った歌と題されているが、鏡王女の歌には特定の題はない。二首をこのように並べたところには、この巻の編者の意図が働いているだろう。一つにはいうまでもなく、二首とも背景の小道具として風をうたっているためだが、また、額田王はもちろん、鏡王女にも天智天皇との前掲のような相聞の唱和があった点で、この二首を並べてみることは興味があるとされただろうからである。

額田王の歌は、たとえば「あかねさす紫野行き」の歌と並べてみるだけで、彼女がいかに多面的な詩才の持主だったかをおのずと物語っている歌である。

鏡王女の歌は「風だけでも恋しいとおっしゃるとは、うらやましい。せめて風だけでもやって来るだろうと待っていられるなら、何を嘆くことがありましょうか」というので、自分にはだれの訪れもない嘆きをうたっているものだが、いったいどのような時にうたわれた歌なのだろうか。いずれにせよ、この歌はだれかの歌に対する唱和として作られたはずだが、そのだれかの歌がこの額田王の作だったかどうかはわからない。

天の原振り放《さ》け見れば大君の御寿《みいのち》は長く天足《た》らしたり　巻二・一四七　倭姫大后

天智十年九月、天皇病に臥し、十月に入っていよいよ病篤《やまいあつ》く、十二月三日、近江大津宮でついに崩御。この歌は皇后である倭姫大后《やまとひめのおおきさき》が天皇の御命の長久を祈って奉った歌である。「天足らしたり」は天に満ち満ちておいでである。

「大空を仰ぎ見れば、大君の御命はとこしえに天を満たして充ち足りていらっしゃる」

大意をしるすまでもない歌だし、パラフレーズしてしまっては身も蓋もない。歌そのものを読めば、意力に充ちた表現にうたれる。歌の呪力によって、瀕死の床に横たわる人をふたたび立ちあがらせずにはおかないという気魄が、「天の原振り放け見れば」という大きな把握、「天足らしたり」という強い断定を生みだしたといえるだろう。

ついでにいえば、私自身はこの歌にはじめて接した時以来、「天足らしたり」という結句を、「天垂らしたり」というふうに長いあいだ思いこんでいたことがある。「御寿《みいのち》」が「長く天垂らし」ているという幻像に、いきなり取りつかれてしまったからである。こういうそそっかしい誤解は、私の場合少なくないのだが、それがたいていの場合、当の作品をより美化するのに役立っているのが珍妙である。

倭姫大后は天智天皇の病がいよいよ危機に陥った時、次のように歌った。

青旗の木《こ》幡《はた》の上をかよふとは目には見れども直《ただ》に逢はぬかも　巻二・一四八

「青旗の」は木幡・葛城山・忍坂山にかかる枕詞。この地の木の繁ったさまが、青い旗を立てたように見えるから、という説による。ただし「青旗の」を枕詞とはとらない考えもあって、その説によれば、「青旗の木幡の」とは神々の加護を祈るため立て並べてある幟《のぼり》の情景を指すという。「木幡」は京都の宇治北方の地。天智天皇陵は山科にある。

「山科の木幡のあたりを、肉体を抜け出た天皇の御魂が過ぎてゆくと目には見えるけれど、もう直《じ》かにはお逢いすることができないのだ」

古代人は、人の魂が死に臨むや肉体から遊離し天がけることを信じていた。鎮魂とは、魂の遊離をとり鎮めるための祈りの儀式だった。彼らは死者の魂が神上《かんあが》るとき、それが実際目に見えるように感じたのである。倭姫大后の歌はそのような消息を伝えているもので、これまた印象深い歌である。

このようにして初期万葉時代の秀歌を抜き出してみると、とりわけ相聞と挽歌に天智天皇と関りある歌が多いのに気づかされる。偶然のこととはいえ興味がある。

四 近江朝の唐風文化と壬申の乱

1 やまとうたと漢詩の遭遇

七世紀後半から八世紀初頭にかけてのいわゆる白鳳時代、とくに壬申の乱(六七二)以後の天武・持統朝は、律令の制定、記紀編纂、仏教美術の興隆といった歴史的な事業によって、日本歴史にきわめて重要な転機を画した時代だった。そこには初唐の強力な文化の影響があったことはいうまでもない。そしてその影響は、元来が最も純粋に日本列島の風土から自生したものであるはずの和歌の世界にも、いちじるしい勢いで流れこんだのだった。壬申の乱から奈良遷都(七一〇)にいたる万葉第二期、そしてそれに続く天平五年(七三三)前後までの第三期は、『万葉集』の最盛時をかたちづくるが、この上代和歌の最盛時が、同時に上代における漢文学摂取においても特に活潑な時代であったことは、一般にある民族固有の詩歌・文学の展開の道筋を考える上でも、興味ぶかい歴史的モデル・ケースを示しているように思われる。

この場合、中国・三韓からの影響は、壬申の乱のあと急に日本に入ってきたわけでは毛頭なかった。それは前代の天智天皇時代、すでに顕著にみられはじめた現象だった。天智六年(六六七)、それまで久しいあいだ都城の地として栄えた大和飛鳥から、都が遠く北の近江の大津へ移されたとき、宮廷における唐風模倣の風俗は最高潮に達していたのである。しかも、天智が天皇として即位する以前の長い皇太子時代および称制時代の政治は、文字通り内憂外患にいろどられており、端的にいえば波瀾万丈の二十数年間だった。その意味では、近江朝文化の華やかな新風は、いわば典型的な「戦後」文化の開花を示していたと言ってもよかったのである。

戦乱や動乱はいうまでもなく文化に対して破壊的に作用する。しかしながら、いったん戦乱が終結した後は、ある期間、いちじるしい文化的な新風の発生とエネルギーの爆発的燃焼の時代を迎える。これは古今のあらゆる民族が共通に示してきた注目すべき現象だが、近江朝の文化的高揚もまた、歴史が演出するこの種のドラマの一例を示していたようである。ただしそれは、わずか五年後には内乱によってむざんな結末をとげ、都は兵火のうちにあえなく壊滅してしまった。

ここでその間の経過をもう少しくわしくたどっておくことにしたい。なぜなら、この時期にいたってはじめて、日本の風土に自然発生した「やまとうた」と「漢詩」との本格的な意味での遭遇が生じ、日本人みずからの手による漢詩制作も盛んになった結果、「やまとうた」の最古の集としての『万葉集』といわば一対をなすような形で、日本最古の漢詩集『懐風藻《かいふうそう》』が誕生するという事も生じたからである。

近江朝以降八十余年間にわたる文運隆盛期に、日本の天皇、皇族、貴族、官人、僧侶などが作った漢詩百二十篇(現存本は数首を欠く)を収めた『懐風藻』の作品の多くは、同時代のやまとうたを集めた『万葉集』にくらべれば、詩的な興趣において格段に劣るといわねばならないが、それは不慣れな言辞をあやつる習作期のやむを得ない現象だった。

柿村重松の『上代日本漢文学史』は、上代後期(推古天皇元年より桓武天皇延暦十二年まで、およそ二百一年間)を二つの小期に分けて、次のようにのべている。

「凡て〔上代〕後期は隋唐と直接に交渉し、鋭意其の文物を輸入し且つ模倣せし時なりと雖も、第一小期にありては猶ほ未だ純漢文芸の発達を見るに至らず、文字は実用と信仰のために用ひられしにすぎざりき。然るに天智天皇の御代に至るや、律令の制定あり学校の開設あり。詩人文士は漸く輩出し来りて、玆に一時文運の隆昌を呈するに至りしなり。(中略)後期文学の盛況は下に載せたる懐風藻序之を尽せり。前後両期の過渡時代に於て吾人の注目すべきことは仏教の隆盛に赴きしこと、隋唐との交通始まりしこと、及び文章の後世に遺れるものあること等なりとす。」

当の『懐風藻』の序文は、近江朝の文運隆昌を追懐し、当時の壮麗な美しい詩文は百篇にとどまらぬ盛況に達していたのに、壬申の乱のためことごとく灰燼に帰してしまったと嘆じている。しかしもとよりこれは序文執筆者の誇張した讃辞であって、現存の『懐風藻』を読むかぎり、懸命に先進文明のあとを追う若い島国の文明の姿こそが印象的に私たちに映じてくるのである。

小島憲之の大著『上代日本文学と中国文学』下巻や、同氏校注日本古典文学大系『懐風藻・文華秀麗集・本朝文粋』「解説」で、小島氏が次のようにのべているのは、その意味で深く首肯される。引用は後者の「解説」による。

「これらの〔近江朝時代の〕詩の内容の大部分は恐らく劃一的なものが多く、近江の聖徳を目近かに讃美し、太平の世をたたえる、うわすべりの詩が多かったものと思われる。」

「懐風藻全体を通じて、論語や老荘のことばなどをあちこちに用いているために、儒教思想、老荘神仙思想、竹林の七賢人的な虚無思想などを懐風藻人がいだいていたようにも一見思われるが、これも単に語句を用いたというところに重点があり、深い中国思想を学んだものとはいえまい。懐風藻に期待する点は、やはり最古の詩の総集として、上代人がどれだけ異質の詩的表現をしているかを、温情の眼をもって眺めることにある。」

私たちはこのような『懐風藻』的漢詩文の世界が、『万葉集』的やまとうたの世界と並行して存在していたことを忘れてはなるまい。とりわけ、人麻呂にせよ旅人にせよ憶良にせよ、万葉の大歌人たちの何人もが、当時の水準における漢詩摂取者たちのうち、おそらく最も積極的な一群の中に含まれていたであろうことを、記憶にとどめる必要があるだろう。私はこの本の中で彼らの作品にふれるとき、その事実をいちいち指摘するようなことはしないし、またする能力もないが、彼らの作に落ちている漢詩文の影響の強さについては、すでに多くの学者が精細に検討し、証言しているところである。人麻呂は真に天才的な大詩人だったが、私たちが彼をもって純然たるヤマトのうたびとであったとするなら、彼の作った歌の中にみごとに溶けこみ吸収されている漢詩的なるものもまた、すでにしてヤマトのものだったのだと、あえて言わねばなるまいと私は考える。

実際、あらゆる創作は本質的に翻訳の要素を含んでいるのである。それは、創作の素材として用いられるコトバの本質が、翻訳機能を自明的に内包しているからにほかならない。

2　壬申の乱あとさき

天智天皇は、中大兄皇子として皇極《こうぎょく》天皇(舒明天皇皇后。天智・天武の母。孝徳天皇に譲位、のち重祚《じゅうそ》して斉明天皇)の皇太子であったとき、中臣《なかとみ》(のちの藤原)鎌足《かまたり》と組んで豪族蘇我氏を倒し、「大化改新」を実現した(六四五)。内では天皇の権威に対する最大の脅威であった蘇我氏の存在、外では当時隋を倒して(六一八)隆々たる勢威をひろげつつあった唐の脅威、この内外二つの大きな脅威に対処するために決行されたこのクーデタは、豪族の中心たる蘇我氏を打倒することによって、律令制度のもとに国土・国民を天皇の絶対的権力に統合しようとするものだった。律令体制は、唐帝国の諸制度を模して法治国家をきずき、貴族・官僚の身分をきびしくとりきめて、強大な中央集権国家をきずきあげようとするもので、つまりは皇族が豪族を官僚として再編成し、天皇専制の社会秩序をつくりだそうとするものだった。

蘇我氏を背後で支えていたのは、飛鳥地方に古くから住みついていた多くの大陸からの渡来人たちだったとされている。彼らは文化的にはもちろん、軍事的にも格段に進んだ知識と技術の専有者集団だった。さらにもうひとつ、飛鳥には、この地に次々に建設された大寺院に根を張る仏教勢力もあったから、これら強力な集団に対抗して年若い皇族政治家が勢力を拡張してゆくということは、想像を絶する困難をともなうことだったはずである。

天智および同母弟天武の両帝の時代、異常なほどの回数で都が移され、あるいは遷都計画がたてられたことは、そういう点からすると意味ぶかい。大和平野に盤踞する旧来の先進文明勢力に対抗するため、必死に地の利のいい土地を求め、首都建設を企てていた若い皇族政治家たちの姿が、都の移転という大事業の背景にはあっただろう。そしてこれら皇族政治家たちにも、もちろん別勢力の渡来人や豪族の支援があっただろうから、政界の内情はすでに十分複雑だったにちがいない。

天智六年の大津宮への遷都は、その移動距離の大きさから見ても、異常な決意のもとに断行されたことは明らかで、一行の中にまじっていた額田王が、旧都への訣別の情を日夜親しく仰ぎ見てきた聖なる三輪山への惜別に託してうたった長歌と反歌を見ても、長途の旅に出る人々の感じていたであろう強い不安が想像される。

三輪山をしかも隠すか雲だにも情あらなも隠さふべしや　巻一・一八

近江への遷都は多大の犠牲をともなっていた上、わずか数年ののちには、古代社会最大の内乱をもってその短い栄華の夢は終りを告げた。『日本書紀』天智六年三月のくだりに、「都を近江に遷したまふ。この時に天下の百姓(一般人民)、都を遷すことを願はず。諷諫の者多し。童謡《わざうた》(諷刺歌)またおほし。日々夜々失火の所多し。」という。放火がさかんに行われたという一事のみをとっても、天下の険悪な空気が伝わってくるようである。おそらく国家財政は窮迫していたにちがいない。遷都にともなう一般民衆の負担も軽からぬものがあっただろう。

財政窮迫の大きな原因には、前代の二回にわたる百済救援軍派遣とその失敗があげられている。斉明七年(六六一)正月、西征の軍をおこして伊予の熟田津《にきたづ》に勢揃いするところまでいった日本軍は、遠征出発直前、女帝斉明天皇の崩御という不祥事のため、遠征中止を余儀なくされた。先にあげた額田王の「熟田津に船乗りせむと」の歌はこの当時のものである。

皇太子中大兄皇子は、母天皇崩御後ただちに皇位につくことはせず、皇太子のまま国政をとる称制という変則的な統治方法を七年間(六年間ともいう)にわたって続けた。斉明崩御の二年後、六六三年八月、彼は新たに大軍を朝鮮に派遣したが、錦江河口の白村江《はくすきのえ》で唐・新羅連合軍に悲惨な大敗を喫し、百済救援計画は水の泡となった。唐・新羅連合軍は百済をうち滅ぼし、直接日本をうかがう態勢となった。四百艘ともいわれるほどの船団を送りこんで潰滅させられた打撃に加えて、いまや日本西岸の防備をかためねばならない立場に追いこまれた中大兄皇子は、対馬・壱岐・筑紫に防人《さきもり》を常駐させ、筑紫には水城《みずき》をもきずいて大陸からの来襲にそなえねばならなくなった。つまり、内憂と外患とが、この皇族政治家の一身めがけて押し寄せてきた。

そもそも、蘇我入鹿殺害によって始まったともいえる彼の政治生活は、どこか暗い血の匂いがつきまとっているようだった。入鹿殺害後三カ月して、蘇我方が後押ししていた政敵、異母兄の古人大兄《ふるひとのおおえ》を謀反の理由で斬る。さらに四年のち、今度は大化改新の功労者の一人、忠誠な大臣であった倉山田麻呂を、讒言《ざんげん》を信じて自殺に追いこむ。さらに九年のち、謀反のゆえをもって有間皇子を処刑する。これら四つの事件は、すべてのちの天智天皇の皇太子時代の事件だが、それらを通じて想像するに、天智の身辺は、つねに陰謀に対して警戒を怠らず、ひとたび怪しい空気を感知すれば、ただちに先手をうって相手を倒さねばならぬという状態で、日夜緊張の連続だっただろうと思われる。

これがやがて、皇太弟大海人皇子、すなわちのちの天武との離反をも招き、壬申の乱の遠因ともなったと考えられる。壬申の乱は、近江遷都後わずか五年にして発生した。

しかし、壬申の乱にいたるまでの五年足らずのあいだ、近江の湖畔には、百済からの知能すぐれた貴族・官人亡命者たち数百人を中心として、大陸の華やかな文化の波がいっせいにうち寄せた。それまでうたわれていたわが国自生の歌とはおよそ異質な形式と詠みぶりをもった新しい詩文がやってきて、その雄大華麗な結構と堅固な思想性によって人々に衝撃を与えた。それまでは即自的に「うた」であった和歌が「からうた」に対する「やまとうた」として相対化され、その表現形式の素朴純情ぶりがあらためて自己批評の目にさらされることにもなった。宮廷の儀式にも、天皇の旅にも、宴の席にも、形式をきっちり重んじながら唱和される漢詩がつきものとなった。そのことが当然ひきがねになって、漢詩ならぬ和歌の方へも、儀式や旅や宴の場での君臣唱和の形式が導入された。それが後の平安朝にいたってますます洗練された形式となり、漢詩の刺戟で生まれた歌合《うたあわせ》や連歌《れんが》が日本においてとりわけ独特な伝統をかたちづくるにいたるのだが、もちろん当時の人々はそんな未来については知るよしもなく、ただひたすら先進文明が教えてくれた詩歌の饗宴をわがものにしようと努めていたのである。

宮廷社会の雅宴の場では、大陸伝来の舞踊劇である伎楽《ぎがく》なども演じられ、異様にエグゾティックな仮面や音楽、また役者たちの演じる道化の演技や卑猥野放図なしぐさが、人々を大いに興じさせただろう。

天智天皇が朝鮮を経由し、またじかに海を越えて伝わってくる唐の制度・文物を、すべての面で大至急に吸収しようとしたのは、いうまでもなく大唐帝国の脅威をひしひしと感じたからにほかなるまい。その点で、彼の時代は、ちょうど維新・開国後の明治日本が迫られていたのと同質の課題に迫られていたといっていいのではないかと思われる。

さて、天智の長子大友皇子(六四八―六七二)はなかなか優秀な青年だったようである。少なくとも彼は詩文に長じ、近江の湖畔に花開こうとしている新文化を背負ってたつべき貴公子に育ちつつあった。大友皇子は十市皇女《とおちのひめみこ》を妃としていた。十市は大海人皇子と額田王とのあいだに生まれた娘である。そして大友と十市のあいだには、葛野王《かどののおおきみ》という息子も生まれていた。

大友皇子の声望が高まってゆくことは、しかし大海人皇子にとっては一つの脅威を意味していた。なぜなら彼は、兄の天智のもとで長いあいだ皇太弟として補佐役をつとめてきた存在だったからである。ゆくゆくは天智の後継者と、自他ともに許していた彼の立場は、天智が自分の子息に対して特別の期待をかけ始めれば、そのまま危険をはらむものに転じるわけで、事態はまさにそのような形に進んだ。壬申の乱がこうして起きた。

近江遷都の翌年(六六八、天智七年)正月、天皇は群臣を召して酒宴をひらいた。そのとき、どういう理由からか、怒気を含んだ大海人皇子が長槍をふりまわして床の敷板を刺しつらぬくという事件が起こった。天皇は怒って大海人を捕え、殺そうとしたが、中臣鎌足が押しとどめて、その場は無事におさまった。そんな険悪な出来事が、あたかも迫りくる大事件の予兆のように生じたこともあったが、同じ年の五月五日には、例の蒲生野へのにぎやかな遊猟が行われ、額田王と大海人の唱和に人々が興じるようなこともあった。

しかし、天智八年十月、中臣あらため藤原鎌足が死ぬ。彼は臨終の時、天智天皇から藤原朝臣の姓を賜ったのだった。天智十年正月、大友皇子、太政大臣に任命。

鎌足は天智にとって無二の協力者であり、支柱だったが、大海人皇子にとっても、彼は兄天智とのあいだをうまくとりもってくれる緩衝器のごとき存在だったから、鎌足の死はやはり打撃だったにちがいない。つづく大友皇子の太政大臣任命は、直接の危険信号だった。ゆくゆくは皇位継承者となるものとみなされていた皇太弟としての自分の立場は、一転して最も危険な立場となったわけである。九月、天智天皇発病、やがて重態に陥る。十月、天皇は大海人を枕頭に招いて後事を托そうとするが、大海人は病身を理由に固辞する。これには智恵者がいて固辞策をさずけたとされているが、宮中を辞した皇子はただちに剃髪して僧形となり、吉野におもむいて仏道修行をしたいと願い出て、許される。大海人はさっそく都を去り、吉野に向けて急いだ。「虎に翼をつけて野に放った」と慨嘆する者があったとされているのはこの時のことである。

十二月三日、天智天皇崩御。大友皇子のもとに忠誠を誓っていた近江朝の廷臣たちのあいだに動揺が生じた。近江の宮殿に不審な放火事件も起きた。近江の地にも、吉野の地にも、不穏な空気が満ちた。

半年が経過する。翌六七二年(天武元)六月二十二日、吉野の虎、大海人皇子は兵の準備もそこそこに、東にむけて進軍を開始した。従う者は足弱の妃、すなわちのちの持統天皇をはじめ十人ほどの女孺(召使いの女)、二十人あまりの男の従者。途中の村で猟師が二十人あまり加わったという。つまり、五十人ほどの、とうてい軍勢ともいえない一団だったらしい。伊賀、伊勢、美濃を強行軍して抜けたが、反対勢力には出会わず、雪だるま式に勢力はふえていった。大和地方でも、大伴吹負《ふけい》のようにこれに呼応して軍をおこす者が現れた。大海人皇子の吉野における半年の雌伏期間は、これら近隣諸地域の支援勢力を組織することについやされていたのだったろう。

進軍の途次、東国の軍勢を駆り集めつつ勢力をひろげ、近江朝廷方と数次にわたる決戦をおこなって勝ち進んだ大海人軍は、ついに大友皇子の軍勢を琵琶湖畔の瀬田で潰滅させた。余勢をかった東の軍勢は、大津宮に乱入して掠奪と放火をほしいままにした。こうして天智治下にきずかれた大陸文化の香りも高い湖畔の新都は、兵火の中ではかなく滅んだ。敗れた大友皇子(明治三年おくり名して第三十九代弘文天皇)は、いち早く遁走した重臣たちのあとを追おうとしたが、退路はすでに断たれていた。忠実な舎人《とねり》わずか数人に見守られて、長等山《ながらやま》のふもとで自刃。『懐風藻』巻頭に二首の漢詩をとどめ、人格・才幹・文藻をたたえられた若者は、二十五歳で憤死した。時に七月二十三日だった。

3 「おほきみ」讃美の背景

真夏の太陽のもと、近畿一帯をまきこんで一カ月にわたりくりひろげられた古代最大の権力闘争は、こうして大海人皇子が強大な権力を奪取する形で終りをつげた。皇子は即位して天武天皇となり、都はふたたび南下して大和の飛鳥浄御原宮《あすかきよみはらのみや》に定められた。『万葉集』巻十九に、「壬申の年の乱の平定しぬる以後《のち》の歌二首」として次の歌が録されている。

大君は神にしませば赤駒のはらばふ田井を都となしつ　巻十九・四二六〇　大伴御行《おおとものみゆき》

大君は神にしませば水鳥のすだく水沼《みぬま》を都となしつ　同・四二六一　作者未詳

「おほきみは神にしませば」という言葉で始まる歌は、これらを含めて『万葉集』に五首ある。うち二首は、天皇ではなく皇子を指して言っている歌(二〇五、二四一)だが、中でもよく知られているのは、言うまでもなく巻三巻頭の人麻呂の歌である。

天皇、雷岳《いかづちのをか》に御遊《いでま》しし時、柿本朝臣人麻呂の作る歌一首

大君は神にし座《ま》せば天雲《あまくも》の雷の上に廬《いほ》りせるかも　巻三・二三五

ここで「天皇」とあるのは、持統天皇かとされる。二四一番の歌も、人麻呂が長皇子《ながのみこ》に奉った歌(ただし「或る本」の歌)であって、「おほきみは神にしませば」という表現は、

天武・持統朝の代表詩人たる人麻呂によって詩語として定着させられたといっていいことを示している。

壬申の乱ののち、天武天皇はいくつかの大改革を実施した。たとえば従来家柄を示すものだった姓《かばね》の性格をあらため、壬申の功労に応じて新しい姓を臣下に与えた。つまり新貴族の誕生である。家柄と姓を誇る大豪族の旧勢力はこれによって打撃を受け、一方、新たに貴族階級にひきあげられたかつての小豪族や、姓さえなかった者たちは、この栄誉を得て天皇への忠誠心をいやが上にも高めただろう。『古事記』『日本書紀』の撰進も天武時代に計画された。天皇の権威はいちじるしく高まり、「大君は神にしませば」という修辞もそこから生まれた。壬申の大乱のすさまじさを経験して恐れおののいた貴族・官人たちは、朝廷の安定と繁栄をねがうことが平和と安泰を得ることに通じることを思い知らされる。

人麻呂にとりわけ多い「おほきみ」讃美の歌も、皇族間の死闘の結果きずかれた朝廷の勢威というものの意味を考慮しなければ、ただ概念的なイデオロギー宣布のための御用詩人の歌としか読めなくなってしまうだろう。

壬申の乱のころ、人麻呂がいったい何歳くらいだったかについては確定的なことは何もわからない。一般には天武元年、すなわち六七二年現在で十代半ばだったろうという見方が有力だが、二十歳を過ぎていたかと見る説も最近は出ている。いずれにしても、この内乱は彼の歌にも大きな影を落とした。彼は乱ののち十数年を経たころ、どういう理由でか、かつて王城の地として栄えた近江の荒都の跡を通り過ぎた。淡海《おうみ》の湖水には折りから春霞がたちこめ、十数年前の栄華の跡かたもない廃墟には、青草ばかりが生い茂っていた。その時の長歌および反歌。

近江の荒れたる都を過《よ》ぎる時、柿本朝臣人麻呂の作る歌

玉だすき　畝火《うねび》の山の
橿原《かしはら》の　ひじりの御代《みよ》ゆ
生《あ》れましし　神のことごと
樛《つが》の木の　いやつぎつぎに
天《あめ》の下　知らしめししを
天《そら》にみつ　大和を置きて
あをによし　奈良山を越え
いかさまに　思ほしめせか

天離《あまざか》る　夷《ひな》にはあれど
石走《いはばし》る　淡海《あふみ》の国の
楽浪《ささなみ》の　大津の宮に
天の下　知らしめしけむ
天皇《すめろき》の　神の尊《みこと》の
大宮は　ここと聞けども
大殿は　ここと言へども
春草の　繁く生ひたる
霞立ち　春日の霧《き》れる
ももしきの　大宮ところ
見れば悲しも　巻一・二九

反　歌

ささなみの志賀の唐崎《からさき》幸《さき》くあれど大宮人の船待ちかねつ　同・三〇
ささなみの志賀の大わだ淀むとも昔の人にまたも逢はめやも　同・三一

「いかさまに思ほしめせか」という疑問形の詩句があることは、乱直後の世代である人麻呂の時代においてさえ、すでに天智の近江遷都の真意が人々には理解しがたいものとなっていたことを示すものであろう。動乱の時代には歳月の転変は異常に早くなるものである。この詩句は、そういう事実を物語っている。

もっとも、詩句では「いかさまに思ほしめせか」と言っていても、当時の人々の間では、遷都をめぐる憶測はさまざまに語られていたにちがいない。人麻呂自身にも、いろいろな知識はあったと考えられる。けれども彼は、この種の歌を作るに際しては、畏れ多いことについては何も知らない立場の者として発言せねばならなかったのである。いずれにせよ、全三十七句から成る長歌の前半は、理由の明らかでないままに大和を去って鄙《ひな》の地である近江に都を移した天智の事蹟を叙述して、詩句の展開自体いかにも重苦しい。悲傷の情は最後の数句にごく自然に吐露されているが、歌全体はいわゆる頭でっかちである。しかしその重苦しさは、この歌の作られた状況全体からたぶん必然的に導き出されたものだっただろう。

人麻呂が「昔の人にまたも逢はめやも」と嘆じたのには十分な理由があった。近江の都が兵火の中で滅んだだけではなく、海の彼方からやってきた高度な文明の、目もあやな果実、またそれを支えていた多くの人々も、同時に滅んでしまったからである。

もののふの八十《やそ》宇治川《うぢかは》の網代木《あじろき》にいさよふ波の行く方《へ》知らずも　巻三・二六四
淡海《あふみ》の海夕波千鳥汝《な》が鳴けば情《こころ》もしのに古《いにしへ》思ほゆ　同・二六六

巻三に収める人麻呂の歌二首である。前者には「柿本朝臣人麻呂、近江の国より上り来る時、宇治河の辺《へ》に至りて作る歌一首」と詞書がある。後者は歌そのものから近江での作と知れる。これら二首が、右に引いた巻一所収の長歌および反歌が詠まれた時と同じ旅の所産だったと考えて悪い理由もなかろう。もちろん、それぞれの歌の制作年代については何の注記もないのだが。

こういう歌を見てもわかる通り、『万葉集』は抒情詩のアンソロジーでありながら、個々の歌がよびおこす感動は複雑なうねりをもった叙事詩的性質のものである。それこそ、『古今集』以後の勅撰和歌集の、それはそれでみごとに洗練された和歌伝統の世界にあっては絶えて再現されることのなかった、『万葉集』独自の世界だった。

五　皇子・皇女の歌

1　大津皇子の歌

『万葉集』の魅力のよって来たるゆえんは複雑である。それが単に古代人の純粋無垢な抒情詩の一大集成であったなどという程度の理由から生じているわけでないことは、いうまでもない。私たちは『万葉集』を読みながら、そこに歴史と人間の一大ドラマを同時に読んでいる。少なくとも、初期万葉から第二期にいたる時代に関していえば、そこにくりひろげられる非情無慙な殺人や悲恋のドラマこそ、万葉の魅力の大きな部分をなしていることは、あらためて指摘するまでもないことである。

それと密接に関わることだが、この時代、つまり壬申の乱以前から、その終結後まだ戦乱の余燼が人々の記憶にくすぶっていたころまでの『万葉集』は、とりわけ皇族の歌において見るべきものを多くもっている。なぜなら、彼らはまさに皇族であったがゆえに、動乱時代の主役を演じなければならなかったからである。たかが恋愛事件の歌ひとつが、陰謀と憤死、反逆と絶望のエピソードに彩られて、いわば歴史を叙述するものになる。一介の名もなき庶民の恋と死の歌が、そんな巨大な幻影を言葉の世界で立ちのぼらせることはありえなかった。

こうして私たちは有間皇子《ありまのみこ》の非業の死を見送ったあと、大津皇子《おおつのみこ》の同じような悲劇を迎えることになる。一個人の運命が歴史の変転を象徴するものとしてここに展開する。『懐風藻』には大津皇子の詩四首を録するが、撰者(だれだったかは未詳)による略伝は、次のように皇子の生涯と性情を語っている(難字を平仮名にひらいたところがある。また本文中に挿入の語注は、日本古典文学大系本の小島憲之氏「頭注」による)。

「皇子は、浄御原《きよみはらの》帝〔天武天皇〕の長子〔持統紀には第三子〕なり。状貌魁梧《じょうぼうかいご》〔身体容貌が大きくたくましいこと〕、器宇峻遠《きうしゅんえん》〔人品が高く奥深いこと〕。幼年にして学を好み、博覧にして能《よ》く文をつづる。壮《さかり》に及びて武を愛《この》み、多力にして能く剣を撃《う》つ〔使う〕。性頗《すこぶ》る〔かなり、相当に〕放蕩にして〔規則に拘束されない放逸さをもっていて〕、法度《ほうど》に拘《かかわ》らず、節《せつ》を降《くだ》して士を礼《いや》びたまふ〔高貴の身をへりくだって、人士を厚く礼遇したまう〕。是れによりて人多く附託《ふたく》す〔つき従う〕。時に新羅《しらぎの》僧行心《ぎょうしん》といふもの有り、天文卜筮《てんもんぼくぜい》を解《し》る。皇子に詔《つ》げて曰はく、『太子の骨法〔骨ぐみ、骨相〕、是《こ》れ人臣の相にあらず、此れを以《も》ちて久しく下位に在らば、恐るらくは身を全《また》くせざらむ』といふ。因《よ》りて逆謀〔謀反〕を進む。此の詿誤《かいご》〔欺きまどわすこと〕に迷《まと》ひ、つひに不軌《ふき》〔規則を守らぬこと、謀反〕を図《はか》らす。嗚呼惜しきかも。彼《そ》の良才を蘊《つつ》みて〔立派な才能を心に包みながら〕、忠孝を以《も》ちて身を保たず、此の奸豎《かんじゅ》〔悪い小僧〕に近づきて、つひに戮辱《りくじょく》を以ちて自ら終《お》ふ〔死罪を賜うというようなはずかしめを受けて、自決する〕。古人の交遊を慎みし意《こころ》、因りて以《おも》みれば深き哉《かも》。時に年二十四。」

大津皇子の謀反が実際にあったという立場で書かれた略伝であるが、皇子が謀反を起こしたか否かについては疑問もある。持統天皇が、夫の天武天皇崩御にともなって生じた不安な政局の中で、わが子草壁皇子《くさかべのみこ》を帝位につけるため、その最大のライヴァルである大津を謀略によっておとしいれ、逮捕翌日には早くも処刑するという電撃的な手段に出たのだとする考え方も成り立ち、それは大津の悲運に同情する人々にとっては受け入れやすい無実説というわけである。しかし真相は不明とするほかない。

これと関連して、『懐風藻』に一首を残している河島皇子《かわしまのみこ》の略伝をも引いておかねばなるまい。

「皇子は、淡海帝《おうみの》〔天智天皇〕の第二子なり。志懐温裕〔心ばせがおだやかでゆたかで〕、局量弘雅〔局度器量、すなわちはらの持ち方が広く正しい〕。始め大津皇子と、莫逆《ばくぎゃく》〔親友〕の契《ちぎり》をなしつ。津〔大津〕の逆を謀《はか》るに及びて、島〔河島〕すなはち変を告《つ》ぐ。朝廷その忠正を嘉《よ》みすれど、朋友その才情を薄《うす》みす。議する者未《ひといま》だ厚薄を詳《つば》らかにせず〔論議する者は河島皇子の態度の是非を詳らかにしない〕。然《しか》すがに余《われ》〔撰者〕以為《おも》へらく、私好を忘れて公に奉ずることは、忠臣の雅事〔私情において好むところを忘れて公に奉ずることは、忠臣としてなすべき正しいことである〕、君親《くんしん》に背きて交を厚くすることは〔君主や親しい者にそむいて友との交りのみを厚くするのは〕、悖徳《はいとく》の流《たぐい》ぞと。但《ただ》し未だ争友の益を尽《か》くさずして〔不善をやめさせる益友として忠告する手段をつくさないで〕、其《そ》の塗炭《とたん》に陥《おと》るることは〔大津を泥水と炭火、水火の苦しみに追いこんだことは〕、余も亦《また》疑ふ。位浄大参《じょうだいさん》に終《お》ふ。時に年三十五。」

この短い文章の中で、略伝の形をとりつつ論じられているのは、せっぱつまった事態における選択としての忠誠か友情かというテーマである。この題材は近代作家の短篇小説の主題としても利用できるような種類のものだったが、撰者たる古代の某知識人は、短文よく事の梗概を叙述すると同時に、みずからの感慨をもすっきりと付け加え得ているのに感心させられる。

これは明らかに用語が漢文だったから可能になったことで、万葉仮名で記述されていた当時のヤマトコトバでは、この種の議論を展開することは、まったく考えられないことだった。それは万葉仮名で書かれた場合の『万葉集』の詞書を思い浮かべてみるだけでもわかることだろう。そこには事実の叙述はあるが、複雑な議論に類する文章はない。表意文字としての漢字の威力を十分思い知らすひとつの例だったといっていい。(例外として巻五の山上憶良や大伴旅人の、「漢文」による詞書、序の類があるが、それについては該当する章でまたふれる。)

もちろん、漢文なるがゆえにすべてが優れているということはない。たとえば大津について「状貌魁梧、器宇峻遠」といい、河島について「志懐温裕、局量弘雅」といっているのは、この種の「伝」の常套のスタイルで、『懐風藻』所載の詩人たちの多くは、みなこのスタイルによって美辞麗句に飾られて登場している。この種の描写がいったいどの程度まで本人を正確に表現し得ているのか、ほんとのところはよくわからない。

いずれにせよ、大津皇子は『懐風藻』に漢詩四首を残していて、中でも有名な作は次の一首である。

五言。臨終。一絶。

金烏《きんう》西舎に臨《て》らひ　鼓声《こせい》短命を催《うなが》す
泉路《せんろ》賓主《ひんしゅ》無し　此の夕家《ゆふべ》を離《さか》りて向かふ

金烏臨西舎。鼓声催短命。泉路無賓主。此夕離家向。

すなわち、持統天皇朱鳥《あかみとり》元年十月、捕えられて訳語田《おさだ》の舎《いえ》で処刑されたときの臨終の詩である。詩は韻をふんでいない。大意は、

「太陽(金烏)は西の家屋を照らし、夕べの時を告げる鼓の音は、短い命をさらにせきたてるように響く。死出の道(泉路)には客も主もない。私はまさにこの夕べ、家を離れて独り死出の旅路へ向かうのだ」

さて『万葉集』にも、まったく同じ状況で大津皇子が作ったとされる歌があって、これは集中でも特に名高い歌である。

大津皇子、被死《みまか》らしめらゆる時、磐余《いはれ》の池の陂《つつみ》にして涕《なみだ》を流して作りましし御歌一首

ももづたふ磐余の池に鳴く鴨を今日のみ見てや雲隠りなむ　巻三・四一六

「ももづたふ」は百伝《ももづた》ふで、イソ(五十)やヤソ(八十)にかかる枕詞。五十、六十と百まで伝いゆく(数える)あいだの五十、また八十の意だという。「磐余の池」は皇子自身の邸の周辺にあった池だろうが、今は残っていない。

「磐余の池に鳴いている鴨を、今日を限りとこの眼で見て、天かけりつつ雲の彼方に私は隠れてゆくことだろうか」

高貴の人の霊は、死とともに天に帰ると考えられていたことは、日本武尊《やまとたけるのみこと》の場合にも天智天皇の場合にも見られる一般的現象で、大津皇子もこの歌ではすでにわが霊の雲隠れゆくさまを思い描いている形になっている。

一首、自分自身の直面している死を、まるで第三者の冷静な詠みぶりで歌っている。そこから、高い誇りをいだいて死んでゆく若者の、威厳と静けさが伝わってくる。

ただ、私はこの歌について昔から不思議に思っていることがあった。有間皇子の場合にもある点まで共通の疑問なのだが、この当時、刑死者の辞世の歌は、いったいどのような場で歌われ、だれがそれを記録したのだろうかという、まことに素朴な疑問である。有間皇子の場合には、あの二首の歌をうたってからあと、さらに旅を続けているから、かりに皇子が書きとめなかったとしても、周囲のだれかがそれを記録しておくだけの余裕はあっただろう。しかし大津皇子の場合は事情が異なる。なにしろ『日本書紀』によれば事件は異常なスピードで展開した。

朱鳥元年(六八六)九月九日、天武天皇崩御。十一日、「始めて発哭《みねたてまつ》る。即ち殯宮《もがりのみや》を南庭に起つ。」二十四日、「南庭に殯す。即ち発哀《みねたてまつ》る。是の時に当りて、大津皇子、皇太子〔草壁皇子〕を謀反《かたむ》けむとす。」このようにあって、さて十月二日、「皇子大津、謀反《かたむ》けむとして発覚《あらは》れぬ。皇子大津を逮捕《から》めて……三十余人を捕《から》む。」翌三日、「皇子大津を訳語田《をさだ》の舎《いへ》に賜死《みまからし》む。時に年二十四なり。妃皇女《みめひめみこ》山辺《やまのへ》、髪を被《くだしみだ》して徒跣《そあし》にして、奔《はし》り赴《ゆ》きて殉《ともにし》ぬ。見る者皆歔欷《なげ》く。」

謀反発覚とされた日の翌日には、もう処刑されたのである。愛妻山辺皇女が髪を乱し、はだしで走り寄って殉死したという記載は痛切で、この処刑があまりにも急で衝撃的な出来事だったことを想像させる。しかも、十月二十九日には、大津皇子に従った「あざむかれたる吏民《つかさひと》・帳内《とねり》」に対しては、伊豆に流されることになった一人を除いて、全員罪を不問に付して赦免するという詔《みことのり》が出されていて、大津一人を滅ぼすことだけが最初からの意図だったことをうかがわせるのである。

そのような急襲に似た処刑の場合、殺される者に辞世の歌を詠んで残してゆく余裕は、いったいどの程度あるものだろうか。私の疑問は、『懐風藻』に皇子の例の辞世の詩が録されている点と深くからみ合っている。何の確実な根拠もなしにいうことだが、私は皇子が漢詩の辞世を書き遺したことは十分ありうることだろうと思う。しかし、「書く」という行為よりは、声に出して「詠《うた》う」行為の方がずっとありえたと思われる状況のもとで作られた(ことになっている)この歌の場合はどうだろうか。もちろん、歌の詞書は後世の人、おそらくは巻三を編んだ何者かによって書かれたものだから、皇子自身とは何の関りもない。では、歌そのものはどうか。これまた確たる根拠なしにいうことだが、この歌を虚心に読んだ場合、これの表現スタイルは大津皇子自身の作として読むよりも、深く彼の運命に同情する第三者が皇子の心になり代って詠《よ》んだ作として読む方が、ずっと自然に納得できるものではなかろうか。大津皇子作ということを疑うことなしに読んでいた昔から、私が一読者として感じていた疑念も、そのように考えればおのずと解決する。

近年の万葉学界には、その点について触れ、これを後世の仮託と推定する説が出てきている。小学館版日本古典文学全集の『萬葉集』(校注・訳　小島憲之・木下正俊・佐竹昭広)の校注者解説(無署名)は、大津皇子の悲劇的な最期に同情する人々が、「大津皇子ものがたり」ともいうべきものを伝承した(書かれたか否かは別として)のではないかという「想像」の上に立って、次のように書いている(『萬葉集』1「解説」)。

「四六の大津皇子の歌は劇的な場面での詠として人々に強い感動を与える。しかし、『雲隠りなむ』という、死を敬避した表現はこれが皇子自身の歌でないことを示す。さきにもいった大津皇子ものがたりともいうべき語り物の中で誦《しょう》された後人の仮託ではないか。そういえば、『懐風藻』の『臨終』の詩も、『万葉集』より時期的に下る五代後周の人、江為《こうい》の『臨刑詩』、

衙《が》鼓《こ》侵《おびやかスコト》レ入《ヲ》急《ナリ》　西《ニ》傾《ケル》日欲《ス》レ斜《くたちナムト》
黄《よ》泉《みニ》無《ク》ニ旅店一　今夜宿《ラム》ニ誰《ガ》家《ニカ》一

などに酷似し、唐以前においても中国に同想類詩があったことを想像させる。」

引用前段で、死を敬避した表現とされる「雲隠りなむ」という言い方については、高貴の身分にある者が自分自身の死について語る場合特例的に用いられることがありえたのではないか、ということを私は想像するが、仮にそれがありえたとしても、後人が大津皇子になり代って詠んだ場合、同じ表現は成立するわけである。また引用後段は、大津皇子の臨刑詩も、後代の江為の臨刑詩も、ともに遠く唐以前何者かによって作られたある臨刑詩

を原型モデルとして作られた同想の詩だったかもしれないという可能性を示唆したものである。いずれにせよ、現代の信頼すべき学者たちの間に、大津皇子の歌を後人の仮託ではないかとする説があることは興味深く、また示唆的である。

　大津皇子、石川郎女《いしかはのいらつめ》に贈る御歌一首

あしひきの山のしづくに妹待つとわれ立ち濡れぬ山のしづくに　巻二・一〇七

　石川郎女、和《こた》へ奉《まつ》る歌一首

吾《あ》を待つと君が濡れけむあしひきの山のしづくに成らましものを　同・一〇八

　大津皇子、竊《ひそ》かに石川女郎に婚《あ》ふ時、津守連通《つもりのむらじとほる》その事を
　占《うら》へ露《あら》はすに、皇子の作りまし御歌一首

大船《おほぶね》の津守の占《うら》に告《の》らむとはまさしに知りてわが二人宿《ね》し　同・一〇九

　日並皇子尊《ひなみしのみこのみこと》、石川女郎に贈り賜ふ御歌一首　女郎、字《あざな》を大名児といふ

大名児《おほなこ》を彼方野《をちかたの》辺《べ》に刈る草《かや》の束《つか》の間《あひだ》もわれ忘れめや　同・一一〇

大津皇子の悲劇を知る人びとにとっては、『万葉集』巻二・相聞《そうもん》の部にいかにも意味あ

りげに並べられているこれら四首の歌は、簡単に読みすごしえないロマネスクな興味をそそる四首だったにちがいない。

まず大津が石川郎女なる女に贈った歌。

「いとしいそなたに逢おうと、夜ふけの山に立ちつくしていたのだよ、(とうとうそなたは来なかった)、私はぐっしょり濡れてしまった、山のしずくに」

石川郎女がこのうらみごとに応えて贈った歌。

「(そんなにもわたくしのことを思ってくださっていたのでしょうか。それなら)わたくしを待つというのであなたがお濡れになったというその山のしずくになりたかったのに(しずくになってあなたにぴったり寄り添いたかったのに)」

いそいで釈明しておけば、私が石川郎女の歌の大意として示した右の訳文は、原作の表面に表われているものの裏側の心理まで汲みとって訳したものである。つまり私はこの二人の唱和に、恋人同士の間でかわされる常套的な誇張表現の一例を見るのである。大津皇子が現実に山のしずくに立ち濡れるほど彼女の現れるのを待ちつづけたかどうかは、この場合あまり大きな問題ではない。この種の贈答歌の要点は、誇張性、虚構性を通じて現れる二人の男女のイキの合ったやりとりにこそあるのであって、大津皇子と石川郎女の間は当然すでに親密なのである。山のしずくにもなりたかったのに、と歌う郎女の歌は、いかにも純情可憐である。彼女はその効果を十分知っていたはずである。このような性質の贈答歌は、平安朝になれば掃いて捨てるほど書かれるようになるが、万葉人は素朴自然なのだからそんな甘ったれた遊戯的なやりとりなどしたはずがない、と考えるのは、男女の恋のかけひきの実態から遠くかけ離れた見方にすぎない。いずれにしても、歌の大意を示す場合に右のような解釈上の挿入部分を設けることは、以後もたびたび行うことになるので一言するわけである。

さて、第三首目。石川女郎は郎女と同じと考えられる。「大船の」は「津」にかかる枕詞。

「陰陽師《おんようじ》の津守連通が、やがてはその占いで私たち二人の秘密の仲をあばくだろうとは、ちゃんと知っていたのだ。だが、そんなことは百も承知で、私たちは二人で寝たのだ」

詞書《ことばがき》にあるように、大津皇子が女と「竊《ひそ》かに婚《あ》ふ」ことをしたのなら、それは彼女がすでに何者かのれっきとした妻だったことになる。そこで次の歌が来る。「日並皇子尊」とはすなわち皇太子草壁皇子のこと。詞書への注には、石川女郎が「大名児」という名だったことがしるされている。

「大名児を束の間も忘れることができない。遠くの野辺で人々が刈りとっている萱《かや》の束、そのほんの束の間たりとも、私は大名児を忘れたりするものか」

すなわちこれは、草壁皇子が石川女郎にあてて贈った熱愛の誓いの歌である。この歌がいつ作られたものか分らない。しかし『万葉集』の編纂者は四首をこういう順序で並べて示すことによって、大津皇子と草壁皇子との間に、一人の才智ある魅力的な女をめぐっての恋のさやあてがあったことを暗示しようとしている。占で暴露されることは百も承知で女を奪ったのだ、とうたいあげた大津の歌を草壁の歌の前においたことは、昂然《こうぜん》たる恋の凱歌をあげたあと急激に没落した青年皇子の悲運を、いやが上にも劇的に見せようとする編者の心にくい演出だったといわねばならない。

2　大伯皇女の歌

右の四首の直前には、大津皇子をめぐるもう一つの哀れふかいエピソードにかかわる歌がおかれている。これもよく知られた歌である。

大津皇子、竊《ひそ》かに伊勢の神宮に下りて上り来まし し時の大伯皇女《おほくのひめみこ》の御作歌《みうた》二首

我が背子を大和へ遣《や》るとさ夜ふけて暁露《あかときつゆ》に我が立ち濡れし　巻二・一〇五

二人行けど行き過ぎ難《かた》き秋山をいかにか君がひとり越ゆらむ　同・一〇六

大伯皇女と大津皇子は天武天皇を父に、持統天皇の姉大田皇女《おおたのひめみこ》を母にもつ同母の姉弟である。皇女は天武二年、十四歳の時に伊勢の斎宮となり、朱鳥《あかみとり》元年(六八六)十一月に帰京するまで十二年間を伊勢ですごした。つまり、父天武が壬申の乱での勝利を神に謝する心をこめて伊勢神宮に斎《いつ》かしめる、心身清浄の処女として選んだ皇女が彼女だったのである。斎宮解任は天武崩御のためであったけれども、謀反人の姉というもう一つの耐えがたい立場をも背負って帰京したのであった。

二つちがいの立派に成人した弟は、二十六歳にまでなった聖なる乙女にとっては、ほとんど恋人のようにも思えたであろう。右の二首は、事情を知らずに読めば、心やさしい女が夜の明けぬまにひそかに立ち去る恋人を見送る、甘く悲しい恋の歌とも読める。けれども彼女は、弟の不意の来訪、また未明のあわただしい出発から、不穏なものを感じとっていた。何か恐ろしいことが起ころうとしている。だが、神に仕えるのみの乙女に、何がで

きるというのか。「遣る」の語は、自分の力の及ばないところへ人を行かせる意味だという。大和へ弟が帰ってゆくのを、おしとどめたい思いをこらえつつ、なすすべなく手放すのである。

一番鶏《いちばんどり》の鳴くころの、アカトキの露(原文「鶏鳴露尓」)に「我が立ち濡れし」とあるのは、偶然にしては不思議なほどの暗合をもって、大津皇子が石川郎女に贈った歌の「われ立ち濡れぬ山のしづくに」と重なり合う。

大津皇子は皇太子の草壁皇子を補佐する形でまつりごとの中枢に参与していたはずである。その動向は、とりわけ天武崩御後の緊張した空気の中では注目されていただろう。その人物が、徒歩ならどんなに急いでも往復五、六日はかかったはずの明日香《あすか》から伊勢までの山路を越えて皇女のところへ「ひそかに」下ったのである。たった一人の弟の異様な訪問に、姉の胸はしめつけられるばかりだっただろう。そこからこの、『万葉集』中屈指の純情の歌が生まれた。

弟の処刑後、大伯皇女は四首の歌を作っている。

大津皇子、薨《かむあが》りましし後、大伯皇女、伊勢の斎宮より京に上りましし時の御作歌《みうた》二首

神風《かむかぜ》の伊勢の国にもあらましを何《なに》しか来けむ君もあらなくに　巻二・一六三

見まく欲《ほ》り我《あ》がする君もあらなくに何しか来けむ馬疲るるに　同・一六四

大津皇子の屍《かばね》を葛城の二上山に移し葬る時、大伯皇女の哀しみ傷む御作歌二首

うつそみの人にあるわれや明日よりは二上山《ふたがみやま》を弟背《いろせ》とわが見む　巻二・一六五

磯のうへに生《お》ふる馬酔木《あしび》を手折《たを》らめど見すべき君がありと言はなくに　同・一六六

四首、歌の素朴純情ぶりは変らない。伊勢で作られた二首に較べると、落胆と悲傷によってまったく空ろになってしまった心の、ただ弱々しく呟くのみの姿が、痛ましいほどに感じられる。技巧もへったくれもないこの四首の歌は、その嘆きの無防備にむきだしの様相によって、かえって心をうつ。歌そのものの魅力では、これら四首は最初の二首に遠く及ばないけれど。

大伯皇女は大宝元年十二月に亡くなった。四十一歳だった。大和に召還されてからの十五年間のこの幸薄い皇女については、その歿年をのぞけば何ひとつわかっていない。彼女が残した歌も、以上あげた六首以外には何も知られていない。つまり彼女は弟の悲劇を姉の立場から嘆くためにのみ、『万葉集』に登場したといっていいのである。

この二人の姉弟以外にも、何人かのすぐれた皇子、皇女の歌人がいた。志貴皇子《しきのみこ》、但馬皇女《たじまのひめみこ》、穂積皇子《ほづみのみこ》の歌をあげる。

3 志貴皇子の歌

采女《うねめ》の袖吹きかへす明日香風《あすかかぜ》都を遠みいたづらに吹く　巻一・五一
葦辺《あしべ》行く鴨の羽交《はがひ》に霜降りて寒き夕べは大和《やまと》し思ほゆ　同・六四
鼯鼠《むささび》は木末《こぬれ》求むとあしひきの山の猟夫《さつを》にあひにけるかも　巻三・二六七
石《いは》ばしる垂水《たるみ》の上のさ蕨《わらび》の萌《も》え出《い》づる春になりにけるかも　巻八・一四一八

志貴皇子は天智天皇第七皇子。白壁王、すなわち後の光仁《こうにん》天皇の父にあたる。言いかえると、天武系の天皇が八代続いたあと、久しぶりに天智系の天皇として登場することになる、その光仁天皇の父ということで、さらに言うならば、光仁天皇の第二皇子桓武天皇が開いた平安王朝は、天智系の王朝として出発したということでもある。これと符節を合わせるように、桓武が都を大和平野から壬申の乱で滅亡した大津宮に近い山城の平安京に遷したことも思い合わされる。こういう点も関係があるのだろうか、天智天皇は、平安朝の貴族たちにとってどこか特別の意味をもっていた存在だったのではないかと想像される。周知のように、藤原定家が撰した『百人一首』は、ほかならぬ天智天皇の作(とされている古歌)「秋の田のかりほの庵の苫《とま》をあらみわが衣手は露にぬれつつ」を、記念すべき第一首目に掲げている。

それはともかく、志貴皇子はまぎれもなくすぐれた資質をもつ抒情詩人だった。『万葉集』には六首しか残っていないが、そのうち「采女の」「葦辺行く」「石ばしる」の三首までが、万葉の珠玉を選べば必ずといっていいほど採用される歌であることを見ても、それは明らかだろう。

「采女の」の歌は、持統八年十二月、都が明日香から藤原へ遷《うつ》って後まもない時期の作。当時、天智の皇子で生き残っていたのは志貴皇子ただ一人だった。その孤独感と、新しい都よりも廃止された旧都への感傷を歌ったこの歌に見られる離群性の心理の間には、あるいは深い内的関連があるかとも思われる。いずれにせよこの歌は、人のさざめきも絶えた明日香の宮趾に立って、そこの風(明日香風とは美しい言葉だ)にさかんにひるがえった美しい采女たちの袖を思いかえし、さてその風も、今は都が遠く去ったので、むなしく吹きすぎるのみだ、という感傷をうたったものである。

「葦辺行く」は慶雲三年九月二十五日から十月十三日まで、文武天皇が難波の離宮に行幸した折の作。今の暦でいえば十一月中旬から下旬のころである。難波滞在が一日一日たつにつれ、家郷を思う心はいやましに強まる。寒さも一日一日加わる。歌は一息に詠みくだされているが、余情は豊かである。葦の間をすべってゆく鴨の、見えがくれする翼の寒げな印象が、一首にしっかりした具象性を与えている上、「霜降りて」という微細な視覚的印象がこれに加わる。ただし、実際に鴨の羽交《はがい》に霜が降りているかどうか、というようなことは問題ではない。作者の主観がこの表現を必要としたのである。

「鼯鼠《むささび》は」の歌はどんな状況で歌われたものかわからない。ムササビと猟夫《さつお》の関係に、何らかの政治的事件の諷喩があると考えることができるが、私はそういうせんさくを離れても、この歌がそのものとして面白いと思って好きである。

「石ばしる」の歌は「志貴皇子の懽《よろこ》びの御歌一首」とあるものだが、どんな内容の喜びだったのか不明。あるいは子どもを得ての祝いの歌だったかもしれないなどと空想するが、歌そのものは春を迎える歓喜をうたっていて、古来最も代表的な春の寿《ことほ》ぎの歌の一つとして愛誦されてきた。そしてこの歌はそれにふさわしい響きのよさをそなえていた。

4　但馬皇女と穂積皇子の歌

但馬皇女《たぢまのひめみこ》、高市皇子《たけちのみこ》の宮に在《いま》す時に、穂積皇子《ほづみのみこ》を思《しの》ふ御作歌《みうた》一首

秋の田の穂向《ほむき》の寄れること寄りに君に寄りなな事痛《こちた》かりとも　巻二・一一四

穂積皇子に勅《みことのり》して近江の志賀の山寺に遣はす時、但馬皇女の作りましし御歌一首

後《おく》れ居て恋ひつつあらずは追ひ及《し》かむ道の隈廻《くまみ》に標結《しめゆ》へわが背　同・一一五

但馬皇女、高市皇子《たけちのみこ》の宮に在《いま》す時、竊《ひそ》かに穂積皇子に接《あ》ひて、事すでに形《あら》はれて作りましし御歌一首

人言《ひとごと》を繁み言痛《こちた》み己《おの》が世に未《いま》だ渡らぬ朝川渡る　同・一一六

以上三首、但馬皇女の恋歌をもって構成されたドラマティック・ストーリーとでもいうべき世界である。ここには皇女一人、皇子二人の名が現れるが、但馬皇女、高市皇子、穂積皇子、いずれも天武天皇を父にもつ異母兄妹である。そして、三首の題詞が物語るとこ

ろによれば、但馬皇女は高市皇子の愛人として皇子の宮に住んでいたにもかかわらず、ひそかに穂積皇子を愛し、しかも尋常ではないほどの熱愛を穂積皇子にささげたという関係式が成りたつ。三首の歌はそれぞれ別々の機会に作られたものだが、巻二の編者はこれらを意図して一緒に配列し、そこに劇的な効果を生み出すことをねらった。

一首目は、高市皇子のもとにあって穂積を慕う思いを歌っている。「秋の田の穂向の寄れること寄りに」のコトは同じの意。秋の稲穂が実って、いっせいに同じ方向へ傾く姿を、男に向けて命傾ける女の恋心の譬喩としているが、秋の田の穂波と恋歌を結びつける技法は、巻二冒頭の有名な磐姫皇后《いわのひめのおおきさき》の四首の恋歌——ただしこの四首は古代の伝説的な愛執の女性磐姫皇后自身の作ではない。万葉時代の中期以降に作られ、あるいは広く愛誦されていた恋歌を、連作風の構成をもたせて配列したものと考えられている——の中にも用いられている。すなわち、

秋の田の穂の上《へ》に霧《き》らふ朝霞《あさかすみ》何処辺《いづへ》の方《かた》にわが恋ひ止まむ　巻二・八八

このような稲穂の穂波と恋愛表現との有機的な結びつけは、『古今集』以降の平安京在

住貴族たちの恋歌になるともはや姿を消してしまう。そこには、王家の子女でさえも稲田の穂波を自分自身の詩的な場として所有していた飛鳥時代の、土くさい、それゆえに今日でも私たちに新鮮に訴えてくる力をもつ歌の息吹きがあった。

「事痛《こちた》かりとも」のコトは人のたてる噂。恋愛をする男女が人の噂をひどく気にしたことについてはすでに触れた。

二首目の穂積皇子が志賀の山寺(崇福寺をさすという)へ派遣された件については、事情は明らかでない。しかし三首を並べて読むと、但馬皇女との恋愛事件が原因であるかのように読めるところがみそである。ある種の懲罰的な措置を想定して読むと、皇女の歌の切迫した息づかいが一層読者の胸をうつという仕組みになっている。たびたびいうが、八世紀、九世紀のころのアンソロジー編者は、すでに十分に成熟した文学的な「場」の構成意識を持っていたのである。

三首目は特によく知られた歌。高市皇子の愛人として同棲していながら、穂積皇子とひそかに通じていた但馬皇女が、密通の事実が人々に知られてしまった時に作った歌というのである。

「人言を繁み言痛み」のミは、いわゆるミ語法で、原因・理由を表わす。人の噂がひどく、やかましいので、の意。「己が世に」は、生まれてこのかた。「朝川渡る」は、一般に解されているところでは、当時の恋愛にあっては男が女のもとに通うのが通例であるのに、この場合は女が男のもとへ通うという異常な情熱的行動であり、一、二句との関連において見れば、これは人目を避けてまだ暗いうちに未明の川を渡るのだと考えられてきた。他にも解釈はあるが一般的にはこの解が最も流布している。歌の情熱的な内容もそれにふさわしいと考えられるわけだ。しかし「朝川」を「未明の川」ととる見方に対しては異見もある。稲岡耕二『万葉集』(尚学図書)は、『万葉集』の他の歌の例に照らしてみると、「朝川」は決して人目につかない暗がりをイメージしないという。アサは、一日を昼と夜に大別した場合、昼の時間帯の最初にくるもので、ユフベ→ヨヒ→ヨナカ→アカトキ(アカツキ)→アシタと連なる夜の時間帯ではないというのである。たしかにそうである。すると、この歌はどういうことになるのか。

但馬皇女は人目を避けてまだ明けやらぬ暗がりの川を渡ったのではなく、むしろ人目を避けるべくもない朝の光の中で、川を渡ったのだというのが、稲岡氏の解釈である。言いかえると、もはや人目をはばかる気持さえ捨て、敢然と人目にみずからをさらして朝川を渡ったのだとするのである。「人言を繁み言痛み」も、通説のように結句の「朝川渡る」

にかかるのではなく、第四句の「いまだ渡らぬ」にかかると解されねばならない。つまり、人の口をはばかって今の今までは渡ることもなかったその朝川を、いま私はあの方への恋ゆえに渡るのだという形になるわけである。但馬と穂積の恋愛事件という大筋においては変らないけれども、皇女の歌に、決断した女のあえて世間の目に自らをさらすことも恐れぬ強さを見ているところが、通説とはあざやかに違う。実際、そのように読み解く方が、三首をこのように構成した巻二編者の意図したであろう劇的なストーリーの読みかたとしては正しいように思われる。「アサ」という一語の解し方によって歌がこのような新しい側面を示してくる。一語の重みをあらためて考えさせられる例である。

さて、この恋の相手の穂積皇子には次の歌がある。

但馬皇女薨《かむあが》りましし後、穂積皇子、冬の日雪の落《ふ》るに、遥かに御墓《みはか》を見さけまして、悲傷《かなし》み涕《なみだ》を流して作りましし御歌一首

降る雪はあはにな降りそ吉隠《よなばり》の猪《ゐ》飼《かひ》の岡の寒からまくに　巻二・二〇三

「あはに」はサハニと同じ意かという。たくさん。吉隠《よなばり》の猪飼の岡に皇女の墓があるの

だ。この歌から察せられる穂積皇子は、みずからの感情表現において率直な、涙もろく、かつやさしい性格だったように思われる。

この歌を読むと思い出す歌に、幕末の万葉崇拝に徹した歌人平賀元義の歌がある。文政十年冬、元義は父親を上山《うえやま》という所に葬ったが、父親が生前足が冷えるとよく言っていたことを思い出して次の歌を作った。

上山《うへやま》は山風寒しちちのみの父のみことの足冷ゆらむか　平賀元義

生前でさえ冷えるとおっしゃっていたのだ、さぞかし山風の寒い上山では、という心である。元義は『万葉集』を実によく読んでいたから、当然穂積皇子の歌も知っていたはずである。皇子の歌はどこかで彼の歌に交響していたかもしれない。

穂積皇子は晩年になって、十代半ばのういういしい乙女だった大伴坂上郎女《おおとものさかのうえのいらつめ》をめとり、深く愛したとされている。なかなかの艶福家だったらしい。そのような人物の陽気な一面を示す歌に次の作があって、彼の人となり、また彼の生活の環境までしのばれるのが楽しい。

家にありし櫃《ひつ》に鏁《かぎ》刺し蔵《をさ》めてし恋の奴《やつこ》のつかみかかりて　巻十六・三八一六

右の歌一首は、穂積の親王《みこ》、宴飲《うたげ》の日、酒酣《たけなは》なる時、
好みてこの歌を誦して、恒《つね》の賞《めで》とし給ひき。

つまり、酒席で興に乗るたび皇子が歌ったざれ歌である。
「家にあった長びつに錠をかけてしっかりとじこめておいたのに、恋のヤッコめ、苦もなく抜け出て、おれにつかみかかりおって」

これを見ても彼が艶福家として自他共に許す人だったことが想像される。また、こんなざれ歌が『万葉集』に録されて、当時の宴席の様子まで(何と現代人の生活とも共通していることか!)伝えてくれることになったについては、おそらく、大伴坂上郎女を叔母に持って少年期からその薫陶を受け、あまつさえ彼女の愛する娘坂上大嬢《さかのうえのおおおとめ》と結婚までした、かの大伴家持《やかもち》の存在が大きく関わっていただろう。それは幸運な偶然だった。家持は若い時から、大伴家の人々のあいだで伝説的存在となっていたであろう伊達者の穂積皇子のことを聞かされ、憧れを抱いていたのかもしれない。そんなことを空想して、私は楽しくなる。

六　柿本人麻呂

1　人麻呂像結びがたし

柿本朝臣人麻呂。生歿年未詳。閲歴は『万葉集』を除いて他に資料はない。天武・持統・文武三代にわたって歌人として活躍した。特に持統女帝の統治した時代に集中的にその重要作品が発表されている。作歌年代が明らかな歌は、上限が持統三年(六八九)の日並《ひなみしの》皇子《みこ》(皇太子草壁)挽歌、下限が文武四年(七〇〇)の明日香皇女《あすかのひめみこ》挽歌までで、前後十二年間だが、もちろん皇太子の葬儀に際して天皇ならびに群臣を代表して詠じられる歌を作るほどの人物であれば、それ以前何年間もの活躍と名声確立の期間がなければなるまい。また、巻二の二二三番の「在㆓石見国㆒臨㆑死之時自傷作歌」と題詞がある人麻呂自身が死にのぞんで詠んだとされている歌に関していえば、その配列の位置からすると、死歿の時期は和銅三年(七一〇)藤原宮から寧楽(奈良)宮へ都が遷った時期よりも以前だろうと考えられている。この題詞にある「死」の文字は六位以下の官人の場合に用いられるもので、そこから下級官人だったという推定がなされており、その名は一度も史書に現れない。梅原猛著『水底の歌』は、人麻呂は本来上級の官人だったが何らかの理由で流刑人となり、石見国《いわみのくに》で水死の刑に処されたとする大胆な推理を行ってセンセーションをまきおこしたが、この推理を裏づける確実な証拠はない。人麻呂の歿した場所についても、石見国という伝承そのものを虚構と見る考えもある。この虚構説はむげにしりぞけることのできないもののように私などにも思われる。

「人麻呂の作品には宮廷を背景としたものが多く、それらは持統天皇および天武天皇の諸皇子にかかわるものが中心をなしていることから、人麻呂は天武朝にあっては、皇后持統を中心に皇子・皇女たちが形成する後宮社会において詞章や和歌のことに携わっていたとみられている。しかし、この出仕先については、川島皇子や忍壁《おさかべ》皇子あるいは皇子たちの交流の場としての草壁皇子の島の宮など、より具体的に捉えようとする説、さらには天武四年の歌びとなどの貢進の詔に着目して、歌儛所(雅楽寮)にかかわる歌びととして登用され、後に大舎人となったとする説、同じくそこを管掌する理官=治部省官人説などもあっていまだ定説を見ない。その他、大和およびその周辺の国々、瀬戸内海・讃岐・筑紫などにおそらく官人としての足跡を示すと思われる作品があり、晩年は石見国に赴任し、自傷歌によれば同地で歿したともみられるが、それを虚構とみる説もあって不明とするほかない。

万葉集中の人麻呂の歌は、題詞に人麻呂作とあるもの(通称して作歌という)、短歌六六首、長歌一八首計八四首(或本の歌を含む)と、人麻呂歌集所出とあるもの(通称歌集歌)、長歌二首、旋頭歌三五首を含め約三七〇首があり、後者は非略体歌一三〇首と略体歌二〇〇首程および長歌・旋頭歌に分けられ、非略体歌はほぼ人麻呂作と認められているが、略体歌以下については説が分かれている。」(有吉保編『和歌文学辞典』による)

右の解説中、「柿本朝臣人麻呂歌集」から『万葉集』にとられた歌の数は、数え方によっては二十数首ないし四十数首少なくもなろうが、いずれにせよ、人麻呂という歌人は、いわば公式に人麻呂作と認められるところの「作歌」以外に、その約四倍にも達する大量の準人麻呂作ともいうべき歌を残しているのである。そしてこの準人麻呂作たる「歌集歌」の歌は、その抒情詩としての質の高さからすると、全体として万葉全作品の中でも一級品の位置を保つものと言ってよい。

「非略体歌」「略体歌」というのは、通常の万葉仮名表記で書かれた歌と、助詞・助動詞などを省略した表記で書かれた歌と、はっきり別の二種類の書式があることから問題になってきた表記上の呼び名で、むかし、賀茂真淵が「常体」「詩体」と呼んだものを、現代にいたって、阿蘇瑞枝があらためて「非略体歌」「略体歌」と呼び、表記の方式の違いを、人麻呂自身の作歌事情の相違と関連づける考えを提出して以来、人麻呂論における重要かつ興味ぶかい論点として、クローズアップされたものである。それぞれの例をあげれば、

垂乳《タラチ》根《ネ》乃《ノ》　母之《ハハガ》手放《テハナレ》　加《カ》是許《クバカリ》　無《ス》為便《ベナキ》事者《コトハ》　未為国《イマダセナクニ》　巻十一・二三六八（非略体）

是量《カクバカリ》　恋　物《コヒムモノゾト》　知者《シラマセバ》　遠可見《トホクミベクモ》　有物《アラマシモノヲ》　同・二三七二（略体）

「非略体歌」は一三一首、「略体歌」は一九八首（渡瀬昌忠説）と数えられているが、独自の表記を示す「略体歌」の場合、内容はほとんどが恋の相聞歌である。さきほどの『和歌文学辞典』の「柿本朝臣人麻呂歌集」の解説は、これに関する近年の諸説の主な考えについて次のように要約している。

「(略体歌は)女性や広い階層の立場に立った歌などがあり、没個性的ないしは集団で共有したとみられる歌を含むことから、人麻呂と切り離す見方が多く、民謡(民間歌謡、伝承歌と把握する立場も)を人麻呂が採集筆録したものであろうとみられている。しかし一方で、個性的・創作歌的な面をもつ点も看過し得ず、稲岡耕二は人麻呂作歌に通じるものを認め、表記史の上から、略体表記と非略体表記を時間の先後関係において捉え、略体短歌・同旋頭歌・非略体旋頭歌・同短歌の順(「作歌」はそれ以後)に人麻呂自身が書き継いだと見、神田秀夫は略体歌は草稿、非略体歌は浄書の別に過ぎないとして、ともに人麻呂の作品の枠の中に収める立場をとる。したがって、現段階では、没個性的民謡的なものと個性的創作歌的なものとの弁別が困難なこともあって、人麻呂作か否かの判定は明らかではない。」『万葉集』に採られた「人麻呂歌集」の歌は、「非略体」と「略体」とが明確にそれぞれの群をなして配列されているわけではない。両者が肩を並べて入り混っている場合もあるのである。それだけにこの問題はすっきりとは解けないだろう。『万葉集』で見るかぎり、両者を本質的に区別する分類上の目安がほとんどないからである。

三百数十首にのぼる「人麻呂歌集」の歌を通読して私が考えるのは、個々の歌が人麻呂自身の作であるかないかの問題は問題として、これらの作がいずれにせよ人麻呂の手によって手控え帖に「書かれた」ものであるという事実の重要性である。人麻呂はすでに学者たちがさまざまな点で跡づけているように、『文選《もんぜん》』『藝文類聚《げいもんるいじゅう》』その他の漢籍をよく読みこみ、中国詩の喩法から言語表現上の影響を強く受けつつ、それを大和言葉の詩的修辞としてみごとに練り直すことのできた当時抜群の詩人・学者だった。ということは、彼ほどに中国の文字に親しみ、その表現法に精通していた詩歌人は、他にはほとんどいなかったであろうということである。そのような人物が、たとえば古謡の面白いものを手控え帖に採録するような場合、その歌詞に何ら手を加えずにそのまま――現代における同様の厳密な「引用」意識をもって――筆記したということは、少なくとも私には考えられないことに属する。オリジナリティを重んじるという意識の発生はずっと後代のものであろう。末世の私どものごとき者でさえ、自分が心惹かれた古い時代の詩句や歌の一節を記憶するに当っては、自分にとって好ましい形に改変して覚えこむことはしばしばある。ましてや、口誦されるのが常態だった古代の歌謡を、ずば抜けて「書く」能力を有していた特別の知識階級に属する人間が、「原作」の一音半句まで厳密に唯々諾々として文字に書きとったなどということは、詩歌伝承の常識からしてもありえないのではなかろうか。

私はそのように考えるから、これら「柿本人麻呂歌集」の歌はすべて、人麻呂自身の息のかかった、その意味で彼自身の作と区別のつかない歌だったと見なす。こういう立場に立って読むことは、大筋においてはけっして間違っていないと思われるし、事実この三百数十首の中には、詩的な味わいにおいても、言葉のあっせんの緊密でまた意表をつく斬新さにおいても、天才的というしかないほどの――ということは、現代のわれわれをも時代を超えて実質的に打つ力のあるという意味だが――歌がちりばめられているのである。

さてしかし、それにしても――いや、そうであれば一層――柿本人麻呂という存在はかっちりとした人物像を私になかなか結ばせてくれない。簡単に言って、この詩人はスケールの大きさで抜群である。しかもそれが輪郭の外延の大きさについてだけでなく、詩作品の内容、つまり取材の豊富さ(たとえば「柿本人麻呂歌集」の相当な部分を占める「物に寄せて思いを陳べる」歌の、さまざまな「物」と「歌」そのものの結びつき方の斬新さを見よ)、技法の水際だった切れ味のよさ(たとえば彼の「枕詞」「序詞」「対句表現」などが詩作品の中でいかに有機的に一首全体の電圧を高め、また繊細・華麗・荘重・悲愁等々の情緒を的確に表現しえているかを見よ)、長歌や旋頭歌に見られる作品構想の知的な周到さと情緒的なふくらみ、機智的な語のあしらいのバランスのよさ、その他いくつもの点について指摘できるところに、人麻呂のスケールの大を語る理由がある。

これらをひっくるめていうと、人麻呂は一つの混沌《ケオス》だと言うことになろう。少なくとも、山部赤人《やまべのあかひと》、山上憶良《やまのうえのおくら》、大伴旅人《おおとものたびと》、大伴家持《おおとものやかもち》といった、『万葉集』の他の偉大な詩人たちのだれをとってみても、混沌という趣きはない。混沌と私が言うとき、それは創造状態にあるエネルギーの流動そのものを言うので、その内部には同時に澄明な直観力の働きがある。赤人以下の歌人たちには、人麻呂には感じられる文字通りの混沌の、蒼古鬱然たる塊りの存在も、またそこを貫いて働いている神速鋭利な直観の澄んだ切尖きも、残念ながら異質なものだった。

それはつまり人麻呂が古代的世界と近代的世界(当時における)の双方を縦横に往き来することのできる詩嚢の豊かさをもっていたことの現れでもあったのだろう。彼は古代の口誦歌謡の世界から見れば、まばゆいような革新家だった。しかし、後の世代の詩人たちから見れば、鬱蒼たる古代の象徴のように見えたはずである。言いかえれば、彼の詩の世界には、古代的民謡性と、言語表現独自の「書法《エクリチュール》」をさまざまに開発することによって形成された現代的修辞法とが、相互に補いあう形で共存し、強め合っていたのである。

そういうわけで人麻呂の輪郭は単純明確には思い描くことができないのであった。

ところで、先に引いた『和歌文学辞典』の一節に、人麻呂が天武朝にあって皇后(のちの持統天皇)を中心に形成されていた後宮社会において詞章や和歌のことにたずさわっていたとみられているとの説が紹介されていた。この考えは、日本の詩史の中核をなす和歌というものについて考える上で、なかなか興味深い仮設だと思われる。そのような考え方に立つ研究者の一人橋本達雄は、次のように書いている。

「ところで、皇后の主宰する後宮関係の仕事でもっとも重要なのは神祭りであろう。祭政一致というように、神を祭って託宣を受けるヒメと、それを政事に移すヒコとの共治体制こそわが国古来の伝統であった。大化以来、中国風が重んじられ、このような反近代的・呪術的旧習は政治の表面から後退し、皇后周辺に息をひそめていたことと思われるが、一時代前の推古・皇極などの女帝には神事や祭祀との密接な関係が指摘できる。持統皇后はその後宮の主宰者であった。その人が政治の全権も掌握しつつ即位したのである。そこに従来とかく片隅に押しやられがちであった後宮機関が、天皇の政治生活の一環として位置を高めて前面にせり出し、政治機関と融合ないし合体する契機があったと考えられる。本来後宮の職掌であった祭祀、賀宴、喪葬儀礼などが政治的諸儀式と並ぶ位置を獲得してくるのである。

大化改新以来、大陸の漢詩文などの摂取にいとまなく、対する日本の和歌は、おそらく古臭く、低い位置しか与えられていなかったであろう。祭祀関係の和歌や男女の恋の歌などは後宮社会を中心に伝えられたり、作り続けられていたと思われるが、賀宴の際に献る天皇讃歌や葬儀に当たって奏される葬歌や挽歌も、本来は後宮に深いかかわりを持つ分野であった。いわば和歌の主流は後宮にあって、政治的な場への進出はほとんど閉ざされていたのである。しかし、これが天武朝以来の国風尊重の気運によってよみがえり、さらに持統皇后の即位によって一気に開花することになる。後宮機関に所属していたと思われる人麻呂が政治的にも拡大した晴れの場に、続々と公的な歌を発表してゆくのも、このようないくつかの契機が相乗された時代の要請による。人麻呂の大才はみごとにそれに応えたのだが、作歌の分野はいずれも後宮に由来するものであることを見落してはなるまい。」(伊藤博・橋本達雄編『万葉集物語』有斐閣、一九七七年)

柿本人麻呂の閲歴はほとんど不明といっていいわけだが、『万葉集』に収録の「作歌」から、それらの歌がおよそいかなる宮廷の人脈や帰属関係から生まれてきているかを推定することはできる。橋本氏の説はそのような事実関係にもとづいて作られていて、蓋然性は高いと考えられる。

このような仮設を見ると、私はどうしてももう一人の日本和歌史における巨大な存在について連想せずにいられない。言うまでもなく紀貫之《きのつらゆき》である。

貫之は平安朝初期の漢詩文全盛のいわゆる国風暗黒時代に続く、国風復興期を代表する詩人・学者として、宇多・醍醐朝時代の和歌ルネッサンスを主導した。彼が書いたと認められている『古今和歌集』仮名序は、その冒頭で、久しく漢詩文の後塵を拝し、わずかに「色ごのみの」家で秘密めいた恋の相聞の道具におとしめられ、「埋もれ木」の屈辱的地位に甘んじていた「やまとうた」が、ついに再び宮廷社会の晴れの盛儀の場に進出し、王侯貴族や官僚の正式の意思表現の機関として帰り咲くことができたことへの、素朴な喜びと誇りをのべていた。しかし彼自身は、十分に漢詩文の世界に通じており、周知の彼の表現技法の冴え、構想の水際だった構築性は、きわめて多くを六朝を中心とする中国古代詩から学んだものであった。

こういう点で、平安朝の和歌ルネッサンスを指導した紀貫之の位置は、白鳳最盛時の和歌表現確立期の巨峰たる柿本人麻呂と、じつによく似通ったところがあるといわねばなるまい。

さらに、人麻呂の詩才が後宮社会で磨かれ、その作品の主題の基盤もそこに多く関わっていたという右の説は、これまた紀貫之について歴史家が推定している後宮的な生いたちに関する説を思いおこさせるのである。すなわち、目崎徳衛はかつて『紀貫之』(吉川弘文館、一九六一年)の中で「一つの臆測」として、貫之の母なる人について次のような仮設をたてたことがある。つまり目崎氏は『続群書類従』所載の「紀氏系図」の一本に「童名は内教坊の阿古久曾《あこくそ》と号す」とあるのを手掛かりに、貫之の「母が内教坊に房を持つ伎女か倡女で、貫之はこの女に通った〔紀〕望行との間に生れ、内教坊の中で育ったためではあるまいか」と推測したのである。内教坊は唐制に倣《なら》って、少なくとも奈良時代のはじめから宮廷の一角に設置されていた「女楽・踏歌をつかさどるところ」であり、多くの舞姫や遊び女がいて、坊町に房を与えられて住み、宮廷の宴会、外国使節の歓待など、さまざまな機会に音楽・舞楽を演じ、また貴族の子女のために芸能の出張教授もした。貫之の童名の「久曾」は一般に童名の下につける愛称である。阿古久曾はアコちゃんの意だった。

目崎氏は、王朝文化の和風化の趨勢に決定的な一段階を画した『古今集』の立役者である紀貫之の中に、多くの歌姫、踊り子たちにかわいがられて育った新進詩人を見るという一つの文学的仮設をたてたわけである。私はこの仮設に深い興味を感じ、『紀貫之』(筑摩書房、一九七一年)という本を書くに当って、そこから連想される紀貫之とその大先輩菅原道真との間の、文学的継承関係についてまで想像をくりひろげたことがある。道真には、内教坊の伎女たちの妖艶繊美な舞い姿を描いた有名な詩もあって、彼もまた宮廷社会の文化に作用している女性的なるものの意味については、十分に認識していた。

このように考えてみると、『万葉集』における人麻呂、『古今集』における貫之という最重要の二詩人が、ともに女性的なるものに深く関わる場において、それぞれの詩藻を養い、和歌革新の原動力となったということがいえるかもしれない。これは日本の和歌というものの根源に女性的なるものがいかに大きく関わっているか、どれほど強調してもしきれないという事実と相まって、なかなか面白いことだといえるのではなかろうか。

そしてまた、通常は水と油のごとくに考えられている柿本人麻呂の世界と紀貫之の世界が、こういう点で深く通底しているのではないかと考えてみるのもまた、時には必要な頭の体操ということになるのではなかろうか。

2　人麻呂——相聞の世界

柿本朝臣人麻呂、石見国《いはみのくに》より妻に別れて上り来る時の歌二首　幷に短歌

石見の海　角《つの》の浦廻《うらみ》を

浦なしと　人こそ見らめ
潟《かた》なしと　人こそ見らめ
　よしゑやし　浦はなくとも
　よしゑやし　潟はなくとも
鯨魚《いさな》取り　海辺を指して
和多《にきた》津《づ》の　荒磯《ありそ》の上に
か青なる　玉藻沖つ藻
　朝羽《あさは》振《ふ》る　風こそ寄せめ
　夕羽《ゆふは》振《ふ》る　浪こそ来《き》寄せ
浪の共《むた》　か寄りかく寄る
玉藻なす　より寝し妹《いも》を
露霜の　置きてし来れば
この道の　八十《やそ》隈《くま》ごとに
万《よろづ》たび　かへりみすれど
　いや遠《とほ》に　里は放《さか》りぬ

いや高に　山も越え来ぬ
夏草の　思ひ萎《しな》えて　偲《しの》ふらむ
妹《いも》が門《かど》見む
靡《なび》け
この山　巻二・一三一

反歌二首
石見のや高角山《たかつのやま》の木《こ》の際《ま》よりわが振る袖を妹見つらむか　同・一三二
小竹《ささ》の葉はみ山もさやにさやげどもわれは妹思ふ別れ来ぬれば　同・一三三

長歌試訳。枕詞は片カナで。

石見の海　その角《つの》の海岸線を
よい浦が一つもないと人は見るだろう
よい潟が一つもないと人は見るだろう
おおそのように思いたければ　思うがいい

浦はなくとも(おれにはある)
潟はなくとも(おれにはある)
イサナトリ海辺をめざして
和多津《にきたづ》の荒磯のほとり
青々と茂って揺れる
うるわしい藻よ　沖の藻よ　その上に
朝鳥の羽ばたきのように　風は寄せよう
夕鳥の羽ばたきのように　波は寄せよう
　　　　　　　その波とともに

ゆらゆらと靡き寄る
うるわしい藻よ
　　　　　　その藻さながら
寄り添い臥した　いとしいひとよ
　　　　　　　　そのひとを
露霜が野に置くように　置いてきてしまったから

この道の幾重もの曲りかどごと
振りかえり　振りかえりするが
角《つの》の里はいよいよ遠く
山は山でいよいよ高く越えてしまった

夏草がしおれるように
思いしおれてこのおれを偲んでいるにちがいない
いとしい妻よ　その家の門を
どうしても見たい

靡き伏せ
山よ

人麻呂の生涯についての詳細は、すでにふれたようにほとんどまったく不明である。しかし、何人かの「妻」と呼ばれる女性がいたことは、彼の歌を通じて知られる通りである。

そして従来の通説では、人麻呂は晩年(といっても、その「晩年」が何歳のころだったのか、生歿年さえ不詳である以上、ほんとは明言できないわけだが)、現在の島根県西部にあたる石見国《いわみのくに》の国庁の役人だったとされている。その当時、その地の一人の女性が彼の妻であった。彼女が依羅娘子《よさみのおとめ》とよばれる女性であったのかどうか、それも確定できることではないのだが、少なくとも『万葉集』巻二には、

　柿本朝臣人麻呂、石見国に在りて臨死《みまか》らむとする時、自《みづか》ら傷《いた》みて作る歌一首

鴨山の岩根し枕《ま》けるわれをかも知らにと妹《いも》が待ちつつあらむ　巻二・二二三

　柿本朝臣人麻呂の死《みまか》りし時、妻依羅娘子《よさみのをとめ》の作る歌二首

今日今日《けふけふ》とわが待つ君は石川の貝に 一に云ふ、谷に 交《まじ》りてありといはずやも　同・二二四

直《ただ》の逢ひは逢ひかつましじ石川に雲立ち渡れ見つつ偲《しの》はむ　同・二二五

という一組の歌があって、少なくとも巻二の編纂者は人麻呂が石見国で死んだこと、またそこに依羅娘子なる女性がいたことを信じていたことが推測されるようになっている。ただ、人麻呂死歿の地を大和・河内の地に求める説もあるので、その場合にはもちろん彼女

も石見国の女性ではないということになる。

右の長歌および反歌を人麻呂に作らせた女性が、人麻呂の死の時、悲歌を二首作った女性であったかないか、もちろん私にはわからない。ただ、彼女が人麻呂によほど深く愛されていたことは、歌そのものから明らかに知られる。そして、詩の鑑賞にあたっては、その事実だけで十分だと言っていい。

人麻呂は角《つの》の里に女を残したまま、たぶん役人としての義務によって都へのぼる旅に出た。しかし山路にさしかかった彼の心には、前途のけわしい遥かな旅路のことも、任務のこともなかった。あったのは、別れてきたばかりの妻の面影だった。

この長歌は、単に人麻呂の恋歌中の傑作として知られるばかりでなく、『万葉集』全体の中でもとりわけ傑出した作品と認められているが、その理由はどんなところにあるのだろうか。

どんな論者によっても指摘されている通り、この長歌の構成には異例な点がある。すなわち、意味上の構成法に重点をおいて読むなら、この作品はいわゆる頭でっかちの極端なものなのである。

「石見の海　角の浦廻《うらみ》を　浦なしと　人こそ見らめ」から「浪の共《むた》　か寄りかく寄る

玉藻なす」までの二十三句は、それに続く「寄り寝し妹」を導き出すための長大な形容句である。したがって、この部分を、それが表現しようとしている主意のみにしぼってパラフレーズするなら、「石見の海辺に茂っている青い玉藻や沖の藻のごとく、私になびき寄り添い、共寝した妻」ということにすぎない。人麻呂はただそれだけのことを言うのに、「鯨魚取り《いさなと》」のような枕詞、「よしゑやし」のような間投詞、また「朝羽振る……夕羽振る」のような中国詩に学んだにちがいない風波の形容句、また海辺の藻のゆらめく姿などを次々に重ねてゆくのである。したがって、一歩踏みちがえば、この詩句の進行、この過剰な修飾法は、生気ない人工臭ふんぷんたるものになったかもしれなかった。事実、この作品でも、対句的表現技法をとった部分などは、対句表現としては素朴で稚拙だといわねばならないし、それを欠点として指摘することもできるのである。

しかし私に興味があるのは、むしろ人麻呂の大胆さの方であって、それについて語りたい。

仮にこの詩を、愛する女性との別れを悲傷した歌だと知らずに冒頭から読み始めた場合のことを考えてみるなら——古代、人麻呂の同時代人たちは、この詩が朗誦されたとき、あるいはこの詩を読む機会があったとき、おそらくそのような聴き方、読み方を余儀なくされたはずである——、人は最初どんな印象を与えられることだろうか。人がまず受けとるのは、石見の海辺の、見映えのする浦も潟もない、いわば殺風景な風景の印象だが、詩人は奇妙なことに、「それでいいのだ、それでいい」とまず言い放っているのである。この部分は、詩的な構成技術の観点からすると十分注目に値するところである。

従来の注釈で、「よしゑやし　浦はなくとも　よしゑやし　潟はなくとも」の部分の重要性を、人麻呂の創作モチーフとの関連で詳しく説いたものがあるかどうか、私は知らない。私の知る限りでは、この部分はその前にある「角の浦廻を　浦なしと　人こそ見らめ」云々という風景描写の部分に対する追認、そしてそれに対する、同じく風景描写をもってする一種の反論という次元のものとして理解されてきたと思われる。

しかし私は、人麻呂のこの時の内的衝動として、次のようなモチーフがあったと考えるのだ。つまり、「美しい浦や潟がないと人はいう。むしろそれゆえに、私はここをいとしく思う。なぜなら、この浦は、私にとっては、彼女がいるということにおいて、美しい浦だからだ」と。

自分が深い関わりをもった土地を歌おうとするとき、詩人がわざわざその土地の殺風景さを人々とともに肯定するような歌い出しをするということは、近代のシニックでイロニックな精神ならいざ知らず、古代詩人については普通考えられないことに属する。それを人麻呂があえてやっているということは、すでにして一つの冒険であろう。しかしこの冒険には十分な成算があった。彼は人々がつまらない海辺と見るところに、彼だけの知る美しさ、彼だけの知る欲情の輝きを見ていることを、こういう逆説的な表現の駆使によって語ろうとしたのである。

そのように考えれば、彼が「寄り寝し妹」を導き出すまでに二十三句もの長い助走をしていること自体、十分に計算された詩人の技巧だったことが明らかになるだろう。この助走は、実は助走ではなく、彼ははじめから全力疾走しているのである。海中の藻のゆらゆら揺れる姿ひとつにも、彼は愛人の姿態を重ね合わせて見ることができた。それゆえに、この浦は殺風景どころか、隠された愉悦と美を彼に示してくれるものだったのである。

人麻呂の大胆さと私が言ったのはこういうわけからであった。詩全体のモチーフは、いうまでもなく愛する女性との別離の悲しみである。しかし彼は詩を歌いはじめるや、みずからが発する言葉の力強いリズム、さわやかな語の進展の中に同化してしまい、その運動の波に乗って次々に女の生き生きとした表情姿態をよびおこしてゆく。女のなまめかしい動作が、大自然の要素と合体する。別れてきた女が、言葉を通じてふたたび自分の眼前に立つ。だが、この喚起力が強ければ強いほど、その女と別れてひとり旅の道をたどってゆく孤愁は強まるわけで、そこに、「靡け　この山」という、短いが全霊こめた強い命令調の結句が出現する理由もあった。

このようにして、この長歌は、それに付けられた有名な二首の反歌とともに、人麻呂の代表的な相聞歌となったのである。

人麻呂はこれにつづけて、同じ女性との別離を主題にもう一首の長歌と二首の反歌を作った。よほどこの女性に思いを残したものとみえる。二首目の長歌は、一首目のものよりも内容的にさらに濃密な告白の調子をもち、枕詞の効果的な使用は、ほとんど極限状態にまで達している。詩としての情緒の充実という点から見れば、「石見の海」の歌よりも一層おもしろいと言える作である。

つのさはふ　石見《いはみ》の海の
言《こと》さへく　韓《から》の崎なる
海石《いくり》にそ　深海松《ふかみる》生《お》ふる
荒磯《ありそ》にそ　玉藻《たまも》は生ふる

玉藻なす
靡《なび》き寐《ね》し児を
深海松の　深めて思《も》へど
さ寝し夜は　いくだもあらず
這ふ蔓《つた》の　別れし来れば
肝向《きもむか》ふ　心を痛み
思ひつつ　かへりみすれど
大船の　渡《わたり》の山の
黄葉《もみちば》の　散りの乱《まが》ひに
妹《いも》が袖　さやにも見えず
嬬隠《つまごも》る　屋上《やかみ》の山の
雲間より　渡らふ月の
惜しけども　隠《かく》ろひ来《く》れば
天つたふ　入日さしぬれ
大夫《ますらを》と　思へるわれも

敷栲《しきたへ》の　衣の袖は
　通りて濡れぬ　巻二・一三五

　反歌二首
青駒の足掻《あがき》を早み雲居《くもゐ》にそ妹《いも》があたりを過ぎて来にける　同・一三六
秋山に落つる黄葉《もみちば》しましくはな散り乱《まが》ひそ妹があたり見む　同・一三七

長歌試訳。枕詞は片カナで。

ツノサハフ石見の海の
言《コト》サヘク韓の崎にある暗礁よ
暗礁の深み　深海松《ふかみる》は繁る
荒磯に玉藻は繁る
　その玉藻そっくりに
おれのなすまま靡き寝た　いとしいひとを
フカミルノ深く思っているおれだが

共に寝た夜は数えるほどもなかった
そのひとと　這《ハ》フツタノ別れてきたので
キモ向《ム》カフ心せつなく
思いつづけて歩みつつ
振りかえり振りかえりするが
大船《オホフネ》ノ渡《わたり》の山の
もみじ葉は散り乱れ
妻が振る袖もさだかに見えないのだ
妻《ツマ》ゴモル屋《や》上《かみ》の山の
雲間を渡る月のように
いかに名残り惜しくとも　見えなくなる
そのようにあのひとも　見えなくなるころ
天《アマ》ツタフ没日《いりひ》さえ射し
ああかくて
われこそはますらおぞ

そう誇っていたこのおれも
シキタヘノ衣の袖は
濡れ通ってしまった　溢れる涙で

反歌の最初の歌、「青駒の足掻を早み雲居にそ妹があたりを過ぎて来にける」は、人麻呂が五七五七七の短い詩形の中で、いかにスケールの大きい幻想的な歌いぶりを示し得る人だったかということを示す好例だろう。一方、先の長歌の反歌、「小竹の葉はみ山もさやにさやげどもわれは妹思ふ別れ来ぬれば」では、彼は自然界の中でひたすら一つの思いに沈潜している心の、その沈潜の姿を、こよなくみごとに形象化することができている。

さてこの一群の歌には、あたかも画竜《がりょう》に瞳を点ずるかのように、次の一首が続いている。

柿本朝臣人麻呂の妻依羅娘子《よさみのをとめ》、人麻呂と相別るる歌一首

な思ひと君は言へども逢はむ時何時《いつ》と知りてかわが恋ひざらむ　巻二・一四〇

「な思ひ」は心配するなの意。この歌、依羅娘子になり替っただれかが、人麻呂の傑作

群に唱和すべく創作したのではないかとさえ思われるほど、うまく照応している。あるいは人麻呂自身がこれを作ったのではないかとさえ、私は空想する。

柿本朝臣人麻呂の相聞歌には、他にも次のような愛誦するに足る歌がある。

み熊野の浦の浜木綿《はまゆふ》百重《ももへ》なす心は思《も》へど直《ただ》に逢はぬかも　巻四・四九六
古《いにしへ》にありけむ人もわがごとか妹《いも》に恋ひつつ寝《い》ねかてずけむ　同・四九七
夏野ゆく牡鹿《をしか》の角《つの》の束の間《つかま》も妹が心を忘れて思《おも》へや　同・五〇二
珠衣《たまきぬ》のさゐさゐしづみ家の妹にもの言はず来て思ひかねつも　同・五〇三

四九六番歌は、南国の海浜に生える浜木綿の、繁り合い重なり合っている葉(「百重なす」)に、恋人を思うわが心の状態を重ねあわせているのである。その上で、じかに逢うことのできない嘆きをいっている。

五〇二番歌では、雄鹿の角は毎年春に生え変るので、夏野をゆく雄鹿の角はまだ短い、そこから、それが「束の間」にかかる序となっている。一瞬たりとも、私を思う妹の心を忘れられようか、いつも忘れずに心に思っている。

五〇三番歌の「珠衣の」は美しい衣の意、サヰサヰの枕詞かというが、「さゐさゐしづみ」の語義は未詳とされる。歌全体の意味は、家なる妹にろくに物も言わずに来てしまったので、悲しさを押さえることができない、ということである。「珠衣のさゐさゐしづみ」がたとえ語義未詳であっても、私たちがこの歌の響きのうるわしさを愛誦する妨げにはなるまい。

3　人麻呂――挽歌の世界

柿本朝臣人麻呂、妻死《みまか》りし後、泣血哀慟して作る歌二首　幷に短歌

天飛《あまと》ぶや　軽の路は
吾妹子《わぎもこ》が　里にしあれば
ねもころに　見まく欲しけど
止まず行かば　人目を多み
数多《まね》く行かば　人知りぬべみ
さねかづら　後も逢はむと

大船《おほぶね》の　思ひたのみて
玉かぎる　磐垣淵《いはかきふち》の
隠《こも》りのみ　恋ひつつあるに
渡る日の　暮れ行くが如《ごと》
照る月の　雲隠る如
沖つ藻の　靡《なび》きし妹《いも》は
黄葉《もみちば》の　過ぎて去《い》にきと
玉梓《たまづさ》の　使の言へば
梓弓《あづさゆみ》　声《おと》に聞きて
言はむ術《すべ》　為《せ》むすべ知らに
声《おと》のみを　聞きてあり得ねば
わが恋ふる　千重《ちへ》の一重《ひとへ》も
慰むる　情《こころ》もありやと
吾妹子《わぎもこ》が　止まず出で見し
軽《かる》の市《いち》に　わが立ち聞けば

玉だすき　畝火《うねび》の山に
鳴く鳥の　声《こゑ》も聞えず
玉桙《たまほこ》の　道行く人も
一人だに　似てし行かねば
すべをなみ　妹が名喚《よ》びて
袖そ振りつる　巻二・二〇七

短歌二首
秋山の黄葉《もみち》を茂み迷《まと》ひぬる妹を求めむ山道《やまぢ》知らずも　同・二〇八
黄葉《もみちば》の散りゆくなべに玉梓《たまづさ》の使を見れば逢ひし日思ほゆ　同・二〇九

長歌試訳。枕詞は片カナで。

アマトブヤ軽の路は
いとしい妻の住む里だから
つくづくと見たいとねがう　けれど

きりもなく　たずねて行けば　人目に立つ
しげしげとたずねて行けば　人に知られよう　だから
サネカヅラ　あの蔓のように　今はいっとき別れていても
のちにはかならず逢うのだと
大船に乗った思いに　後日を期して
タマカギル岩垣淵さながらに
人知れず恋いわたっていた

　　　　　　　　　　　　　　すると

空を渡る日輪が暮れ落ちるように
照る月が雲の陰に隠れるように
オキツモノ靡いて共に添い寝したわが妻は
モミチバノ散るはかなさで散ってしまったと
タマヅサノ使者が来ていう
アヅサユミ伝え聞く意外なしらせに
言うことばもなく　なすすべも知らず

さりとても人づての知らせを聞いてばかりもいられず
せめてこの恋しくてならぬ思いの
千に一つも　紛らすすべもあろうかと
かのひとがいつも出ていた　あの
軽の市にたたずんで耳を澄ませば
タマダスキ畝傍《うねび》の山に鳴く鳥の
声も今日は聞こえてこず
いとしい声も聞こえてこない
タマホコノ道ゆく人も
ひとりとて似た顔もない
いまはもう　せんすべもなく
切なくも妻の名を呼び
むなしくも袖を振るのみ

挽歌の詩人としての人麻呂を考えるとき、本来ならばまず、皇族の死を哀悼し鎮魂する宮廷歌人としての彼の挽歌をとりあげるのが筋道だろう。たとえば、『万葉集』全作品中最も長い百四十九句から成る「高市皇子尊《たけちのみこのみこと》の城上《きのへ》の殯宮《あらきのみや》の時に、柿本朝臣人麻呂の作る歌一首」(巻二・一九九)のような作は、人麻呂の全作品の中でも、古来その構想や全体の結構がいかにもこの大才の手腕を発揮した雄篇とされてきたものであって、彼の代表作とするに足る作であることは言うまでもない。

彼はこの長篇で、まだ若い身空での高市皇子の長逝を哀悼するために、まず皇子の父である先帝天武天皇の霊に祈りをささげたのち、高市皇子がうら若い青年の身で(当時十九歳)壬申の乱に軍を指揮して近江朝の軍勢をうち破り、天武即位への道をきりひらいた武勲を、言葉を尽してたたえている。

……食《を》す国を　定めたまふと
鶏《とり》が鳴く　吾妻《あづま》の国の
御軍士《みいくさ》を　召し給ひて
ちはやぶる　人を和《やは》せと
服従《まつろ》はぬ　国を治めと

皇子《みこ》ながら　任《ま》け給へば
大御身《おほみみ》に　太刀《たち》取り帯《お》ばし
大御手《おほみて》に　弓取り持たし
御軍士《みいくさ》を　率《あども》ひたまひ
斉《ととの》ふる　鼓《つづみ》の音は
雷《いかづち》の　声《おと》と聞くまで
吹き響《な》せる　小角《くだ》の音も
敵《あた》見たる　虎か吼《ほ》ゆると
諸人《もろひと》の　おびゆるまでに
捧げたる　幡《はた》の靡《なびき》は
冬ごもり　春さり来れば
野ごとに　着《つ》きてある火の
風の共《むた》　靡《なび》くがごとく
取り持てる　弓弭《ゆはず》の騒《さわき》
み雪降る　冬の林に

飃風《つむじ》かも　い巻き渡ると
思ふまで　聞きの恐《かしこ》く
引き放つ　矢の繁《しげ》けく
大雪の　乱れて来《きた》れ
服従《まつろ》はず　立ち向ひしも
露霜《つゆしも》の　消《け》なば消《け》ぬべく
行く鳥の　あらそふ間《はし》に
渡会《わたらひ》の　斎《いつき》の宮ゆ
神風《かむかぜ》に　い吹き惑《まと》はし
天雲《あまくも》を　日の目も見せず
常闇《とこやみ》に　覆《おほ》ひ給ひて
定めてし　瑞穂《みづほ》の国を
神《かむ》ながら　太敷《ふとし》きまして……

この部分が壬申の乱における高市皇子の軍功をたたえる個所であり、長歌全体の中で人麻呂がおそらく最も力を入れて描写し叙述している個所である。その描写の中には、軍勢の吹き鳴らす笛の音を、「敵《あた》みたる　虎か吼《ほ》ゆると」とするような、人麻呂が見たはずもない大陸の猛獣虎への言及があったり、また「渡会《わたらひ》」すなわち伊勢の神宮からの「神風」によって敵を混乱させた天皇の威光への讃美があったりして興味ぶかいが、なんといっても、五七調の歌詞によって戦闘場面をともかくもここまで印象的に描写できたところに、人麻呂の才能の大きさがありありと示されている。

このような現実描写にすぐれていたもう一人の詩人は、いうまでもなく人麻呂よりもほんの少し後輩である山上憶良だが、憶良の場合と人麻呂の場合の最も大きな相違は、後者がリアルな戦闘の描写に際しても、古代以来の和歌の呪術的伝統をたっぷり保っている修辞法、すなわち「枕詞」を存分に使って詩句を構成している点であろう。

枕詞は、もちろん現実の事物・現象に由来する修辞的言語の一種だが、その効用はリアルな現実描写のむしろ対極をめざすものだといってよい。つまり、呪術的効用にこそ、枕詞の霊妙不可思議な力が第一に発揮される場があった。したがって、人麻呂という詩人は、現実描写にはあまり役立たない、というよりはむしろ逆行する性質を秘めた用語を駆使して、軍の戦闘場面を叙述していくという、一種の矛盾をあえて冒しているのである。

だが、その結果、彼の叙述は、単に壬申の乱という現実に生じた戦闘の描写であることを超えて、一種神話的な、超時間性・超局地性をそなえた、戦闘そのものの叙述という性格をおびることになった。そういう形で、彼はここでも、蒼古たる古代的神秘性と、当時における現代的写実性との二つの異質な要素を、彼自身の詩法とその実践によって結びつけることに努力し、それにともかく成功したといっていい。人麻呂のこのような多力ぶりは、私にとっては単に古代の詩人の興味ぶかい成果というにとどまらず、現代の詩にとっても、なかなか刺戟的な教訓を含んだものと映るのである。

さてこのように高市皇子の軍功をたたえたのち、人麻呂は皇子が天武天皇崩御ののちを継いだ持統天皇の補佐役として、天下をみごとに治めたことをごく手短かにのべ、ただちに皇子の薨去《こうきょ》後の人々の悲嘆、殯宮《あらきのみや》へ葬りまつる顚末を歌って、その長逝《ちょうせい》をいたむとともに、永遠の生命を得て神となって鎮まりたまえと祈願する形で終っている。すなわち、今引用した部分にただちに続く詩句から結末までを引けば、次の通りである。

やすみしし　わご大王《おほきみ》の
天《あめ》の下　申《まを》したまへば

万代《よろづよ》に　然《しか》しもあらむと
木綿《ゆふ》花《はな》の　栄《さか》ゆる時に
わご大王　皇子《みこ》の御門《みかど》を
神宮《かむみや》に　装《よそ》ひまつりて
使はしし　御門の人も
白栲《しろたへ》の　麻衣着《あさごろもき》
埴安《はにやす》の　御門の原に
茜《あかね》さす　日のことごと
鹿《しし》じもの　い匍《は》ひ伏しつつ
ぬばたまの　夕《ゆふべ》になれば
大殿《おほとの》を　ふり放《さ》け見つつ
鶉《うづら》なす　い匍《は》ひもとほり
侍《さもら》へど　侍《さもら》ひ得ねば
春鳥の　さまよひぬれば
嘆きも　いまだ過ぎぬに

憶《おも》ひも　いまだ尽きねば
言《こと》さへく　百済《くだら》の原ゆ
神葬《かむはぶ》り　葬《はぶ》りいまして
麻裳《あさも》よし　城上《きのへ》の宮を
常宮《とこみや》と　高くまつりて
神ながら　鎮まりましぬ
然れども　わご大王の
万代《よろづよ》と　思ほしめして
作らしし　香具山《かぐやま》の宮
万代《よろづよ》に　過ぎむと思へや
天《あめ》の如《ごと》　ふり放《さ》け見つつ
玉だすき　かけて偲《しの》はむ
恐《かしこ》かれども　巻二・一九九

この結末部分を読むと、私には以上のべたこととはまたおのずと別の感想も湧く。つまり、人麻呂の大才をもってしても、このような荘重な鎮魂の歌はある種の退屈さをまぬがれることができないということ。それは、祝詞《のりと》を文学として読んだときの退屈さに近い。思うにそれは、この長歌が、言葉をつくして死者の生前の武勲やら善政やらをたたえねばならない使命を持った皇族挽歌だから、特に生じた現象である。

ここでは、人麻呂の個人的な悲傷の表明はほとんどない。この歌が用いられるべき場の性質からして、個人的哀悼の表現が入りこむ余地はなかった。一言でいって、人々の哀傷もまた、儀式の一環としてこの挽歌に参加している要素だったのである。

したがって、死をめぐる表現の古代的な呪術性がいちじるしく減少してしまった平安王朝の挽歌とくらべると、人麻呂の挽歌の異様なまでの荘重さ、儀式性がきわだってくるということにもなる。『古今集』をひらいて見ればすぐにわかることだが、平安朝の和歌では、もはや「挽歌」という言葉さえ捨てられている。死者をいたむ歌は「哀傷」の部立の名のもとに集成され、作品そのものも純然たる個人対個人の哀悼の表現となっているのである。

人麻呂の高市皇子挽歌の大きな特徴の一つは、この長篇がえんえんと終止形なしに続いてゆく言葉の波によって構成されていることである。意味は切れていても言葉の上での明確な切れ目はなく、一つの叙述に次の叙述が押しかぶさる形で、ひたすら前へ前へと言葉が進んでゆく。かたわら、枕詞の頻繁な使用は、視覚的にも聴覚的にも、読者(聴者)の感覚にふしぎなふくらみと混沌とをよびおこすように働くから、全体として与えられるものは、一種の荘重な陶酔感である。故人の生前の偉業を再現し、賞讃することによって、死者の霊を「うつしよ(現世)」から「かくりよ(幽世)」に安らかに送り出そうとするものである以上、この鎮魂歌は、詩法の点からいっても、祝詞《のりと》の場合同様、ゆるやかな言葉の波のゆきつ戻りつする反覆法や列挙法、また対句的表現を多用することになるのは当然だった。それらはすべて、集団的陶酔をかもし出すために有効な、言語使用の一戦術といっていい性質のものだった。

それゆえ、人麻呂のこの種の儀式的皇族挽歌からは、私たちがふだん詩歌作品を読むときに感じとることに慣れている抒情的昂揚とか、感情の葛藤・解決とかいったものはほとんど感じとることができない。それは、この種の作品の「用途」がはじめから抒情にはなかったからである。

だからこそ、長歌には「短歌」あるいは「反歌」が付けられる必然性が生じたのだろう。この高市皇子挽歌にも、「短歌二首」が付いている。

ひさかたの天《あめ》知らしぬる君ゆゑに日月《ひつき》も知らず恋ひ渡るかも　巻二・二〇〇

埴安《はにやす》の池の堤《つつみ》の隠沼《こもりぬ》の行方《ゆくへ》を知らに舎人《とねり》は惑《まと》ふ　同・二〇一

これらの「短(反)歌」は、長歌の要約としてあるよりは、長歌がその性質上あえてさしひかえていた情緒的表現を、むしろ積極的に強調することにより、両者相まって立体的な心情世界を出現させるところにその意味と重点があったと思われる。

もし、高市皇子挽歌のような長篇の挽歌が、殯宮の前で厳かに唱《とな》えられたものだとしたなら、並み居る廷臣や皇子の従者たちは、詩句のひとつひとつを嚙みしめるように聴き入りながら、ありし日の皇子の勇姿、また政治家としての偉容をふたたび思い浮かべ、心にうなずきつつ死者への畏《おそ》れ多き思いを反芻したにちがいない。そして一たん長歌の叙述が終ったのち、一呼吸おいて高らかに歌われる短歌を聴いたとき、一同はいっせいに号泣したにちがいない。高市皇子挽歌におけるこの二首の短歌を読むと、おのずとそういう想像が浮かぶ。「埴安の」の歌は、わけてもその思いを誘う名作である。

同じ挽歌であっても、歌われる対象が皇族のような公的存在でない場合の人麻呂の挽歌が、その個人的悲傷の表現の直接性ゆえに、きわめて別種の感動を与えるということも、右にのべたのと表裏一体の事実として理解される。

この章冒頭にかかげた、軽に住む妻への挽歌には、皇族挽歌に見られるような一種荘重なる退屈はない。ここでは、死という現実は、信仰と儀式に支えられた不滅性への祈念とともにある不滅なる死者への讃美によってではなく、生きとし生けるものすべてに襲いかかる突然の消滅という宿命への純粋な嘆き、当の女性とともにすごした時間への、もはや取り返しのつかない追憶によって、なまなましく人麻呂のうたの中に脈うっている。つまり人麻呂個人の、そういう言葉を使っていいなら、本音がここに吐き出されている。

この軽の里の妻への挽歌は、これまた興味深いことに、あの「石見《いはみ》の海　角の浦廻《うらみ》」に住む妻とわかれて都へ上るときの相聞の長歌と同じく、もう一組の長歌と反歌をしたがえている。これまた、「石見の海」の場合と同様、むしろ第二の長歌の方が詩作品としての内容は味が濃いといっていいところがある。それはおそらく、第一の長歌の場合は、妻との別離にせよ死去の報らせにせよ、その事件の具体的叙述そのものにかなり力点がおかれざるを得なかったのに対し、詩作品の内容から見ておそらく若干の時の経過ののち、心がやや内省的になった段階で作られたと考えられる第二の長歌の場合には、内面になお表現しきれずに湧き立っている思いを、もっと直接に歌うことができたし、また人麻呂自身そうせずにはいられなかったという事情が、深くかかわっていたとみられる。その第二の長歌——

うつせみと　思ひし時に
取り持ちて　わが二人見し
走出《はしりで》の　堤に立てる
槻《つき》の木の　こちごちの枝《え》の
春の葉の　茂きが如く
思へりし　妹《いも》にはあれど
たのめりし　児《こ》らにはあれど
世の中を　背《そむ》きし得ねば
かぎろひの　燃ゆる荒野《あらの》に
白栲《しろたへ》の　天領巾《あまひれ》隠《がく》り
鳥じもの　朝立ちいまして

入日なす　隠りにしかば
吾妹子《わぎもこ》が　形見《かたみ》に置ける
みどり児の　乞《こ》ひ泣くごとに
取り与ふる　物し無ければ
男《をとこ》じもの　腋《わき》はさみ持ち
吾妹子と　二人わが宿《ね》し
枕づく　嬬屋《つまや》の内に
昼はも　うらさび暮《くら》し
夜はも　息づき明《あか》し
嘆けども　せむすべ知らに
恋ふれども　逢《あ》ふ因《よし》を無み
大鳥の　羽易《はがひ》の山に
わが恋ふる　妹は座《いま》すと
人の言へば　石根《いはね》さくみて
なづみ来し　吉《よ》けくもそなき

うつせみと　思ひし妹が
玉かぎる　ほのかにだにも
　見えぬ思へば　巻二・二一〇

　短歌二首
去年《こぞ》見てし秋の月夜《つくよ》は照らせれど相見し妹はいや年離《さか》る　同・二一一
衾道《ふすまぢ》を引出《ひきで》の山に妹を置きて山路を行けば生けりともなし　同・二一二

長歌試訳。枕詞は片カナで。

二人ともこの世の者だと　信じきっていたころ
手に取り持って二人で愛《め》でた
あの　山の端《は》が野に伸びてできた堤に立つ槻の木の　あちこちの枝に
春ともなればせいせいと葉が生い茂る
そのように
　しきりに思っていた妻であるのに

頼りにしていた女であるのに

生ける者すべてを襲う世の道理
それに背《そむ》いて永遠《とこしえ》の命を願うことはできず
　陽炎《かげろう》の燃える荒ら野に
真白な美しい領布《ひれ》で身を覆いかくし
　鳥ででもあるかのように　朝家を出て
入日《イリヒ》ナス(夕陽のごとく)　妻は隠れてしまったので

その妻が　形見に残した
みどり児が　腹をすかし　物を欲しがり　泣くたびに
取り与える物もないので
このおれは　男ではあるが　みどり児を脇にいだいて
わが妻と二人して寝た
枕《マクラ》ヅク　離れの家に

昼は昼で　わびしく暮らし
夜は夜で　ため息ばかり

嘆いても　なす術もなく
恋い慕っても　逢う手だてもなく
オオトリノ「羽易《はがい》の山に
あなたの恋うる女はいるよ」と
人が言うので
岩踏み分け
難儀をかさねてやってきたが

ああ　いいことなどありはしない

この世の人と思っていた　いとしいひとに
タマカギルほのかにさえも

逢うことができぬと思えば

この挽歌で語られている生活内容には、人麻呂を考える上で大層興味ぶかい部分もある。あえていえば野次馬的観点からしても興味ぶかいのは、彼が軽の里に住む女との間に、どうやらまだ幼い子を、少なくとも一人持っていたらしいことである。その嬰児を置いて逝《い》った妻の身替りはとうていできないながらに、彼は子育てまで試みているわけで、そのあたりの叙述には身につまされる具象性がある。

注意すべきは、先に引いた第一の長歌で彼が、「止まず行かば　人目を多み　数多《まね》く行かば　人知りぬべみ　さねかづら　後も逢はむと　大船の　思ひたのみて　玉かぎる　磐《いは》垣淵《かきふち》の　隠《こも》りのみ　恋ひつつあるに」と歌っていることであろう。彼はこの女との逢瀬を人に知られぬよう、細心の注意をはらっていたと見なければならない。

それだけに、第二の長歌のこのような一転きわめて甲斐々々しい日常生活の描写は興味ぶかいのである。

またそれゆえに、長歌終結部の、女を求めて山深く分け入る描写に、ふしぎなリアリティと感動があるのだろう。ここで「柿本朝臣人麻呂歌集」にある名歌を一首引いて、この長歌とつがわせてみたい。

行けど行けど逢《あ》はぬ妹《いも》ゆゑひさかたの天《あめ》の露霜《つゆしも》にぬれにけるかも　巻十一・二三九五

私は拙著『続 折々のうた』でこの人麻呂歌集の歌につき、次のように書いたことがある。

「求婚のため何度でも足を運ぶが、行っても行っても逢ってくれない人ゆえ、天地に満ちる露霜に冷たく濡れそぼってしまった、との意味だろうが、歌そのものの感じはもっと広漠、しかも切実だ。特定の相手もなく憑《つ》かれたように夢の女を探し求める若い男の、魂の叫びとも思われる。死んでしまった愛人を求めてさまよう果てしない旅とも感じられる。」

実際、人麻呂という詩人は、生きている人間に対して呼びかける時にも、死の領域までかかえこむことができる人だった。またその逆も真だった。

第二の長歌に付けられた二首の反歌も「相見し妹はいや年離《さか》る」というみごとな接近・離反のイメジの結晶性といい、「山路《やまぢ》を行けば生けりともなし」という直接的な嘆きの強さといい、朗々誦するに足る、高い調べをもった名作である。二首目の「衾道《ふすまぢ》を」については、「引手」の枕詞かとする説もあるが、語義も役割りも未詳。「引出の山」も所在不明だが、現在の天理市中山の東方にある竜王山かとする説もある。さらに「妹を置きて」については、小学館版日本古典文学全集の『万葉集』1の「頭註」に次のようにある。

「古代人や未開社会では死体を山上や樹上に遺棄する習慣があった。〔右の一連の長歌と短歌のほかに『或本の歌に曰く』として掲げられているもう一組の長・短歌のうち、長歌の〕二一三の結びでは『灰にていませば』とあるから、ここは火葬に付したのであろう。庶民は多く山野に捨てられている。文武天皇の慶雲三(七〇六)年三月、詔を下して藤原京周辺の飢疫で死んだ遺棄死体の処理を命じている。」

日本の風習の中に火葬の習慣が入ってきたのは、人麻呂在世時と同時代のことだったのである。文武四年(七〇〇)三月、道照和尚入寂に際し、遺言によって弟子たちが遺体を火葬に付したとされ、『続日本紀』に「天下の火葬これよりして始まれり」と記録されている。人麻呂は当時壮年期にあったと考えられる。

いずれにせよ、人麻呂には、ほかにも火葬された死者を悼む歌があって、これまた注目すべきものである。

溺れ死にし出雲娘子《いづものをとめ》を吉野に火葬る時、柿本朝臣人麻呂の作る歌二首

山の際《ま》ゆ出雲の児らは霧なれや吉野の山の嶺《みね》にたなびく　巻三・四二九

八雲《やぐも》さす出雲の子らが黒髪は吉野の川の沖になづさふ　同・四三〇

二首目の歌の、死んだ娘の黒髪が吉野の川の沖合に漂いつつひろがってゆくという幻想的情景は、深沈たる寂寥感を生みだすイメジの深さをもっているが、またあるなまめかしさをも感じさせる。そこに人麻呂の挽歌の生命力があるといっていい。

人麻呂の挽歌はほかにも少なくないが、この項のしめくくりに、なお二首の挽歌を引いておこう。二首とも、その言葉の放つ魅力がはるかな歳月を超えて私たちをうつ歌だからである。

一首目は「日並皇子尊《ひなみしのみこのみこと》の殯宮《あらきのみや》の時、柿本朝臣人麻呂の作る歌一首ならびに短歌」という詞書のある作の、その短歌の方の一首である。「日並皇子尊」とは「日」すなわち天皇と並んで天下を統治する皇子という意で、すなわち皇太子。ここでは、人麻呂時代の持統天皇の皇子である草壁皇子のことで、壬申の乱にも従軍した。天武十年皇太子となるが、

持統三年(六八九)、早世した。当時の宮廷における大事件だった。人麻呂は挽歌として長歌一首および短歌二首を捧げたが、『万葉集』ではこのあとに「或る本の歌一首」が掲げてあり、私が引こうとしているのは実はその或本歌の方である。ついでにいえば、草壁皇子の宮殿があった「島の宮」に仕えていた舎人《とねり》らが、「慟《かな》しび傷《いた》みて作る歌廿三首」というのが、この或本歌に続いて録されていて(巻二・一七一より一九三まで)、皇太子の死がいかに大きな動揺をひきおこしたものだったかを想像させる。さてその人麻呂の歌一首。

島の宮勾《まがり》の池の放《はな》ち鳥《とり》人目に恋ひて池に潜《かづ》かず　巻二・一七〇

マガリの池に放ち飼いされている水鳥さえも、皇子のあまりにも若い身空での薨去を悲しんでか、人目を恋しがって池水に潜《くぐ》りもしない、というのである。下句の「人目に恋ひて池に潜かず」という表現の密度の濃さ、心理と景物との融合のみごとさが、この歌を忘れがたいものにしている。あえていえば、近代短歌の切れ味もある。

次の歌は、持統五年三十五歳で歿した川島皇子(天智の皇子)が越智野《おちの》に葬られた時、その妃泊瀬部皇女《はつせべのひめみこ》に献じた挽歌(長歌および短歌)のうち、短歌一首。

敷栲《しきたへ》の袖かへし君玉垂《たまだれ》の越野《をちの》過ぎゆくまたも逢はめやも　一に云ふ、越野に過ぎぬ　巻二・一九五

「しきたへの」は枕・袖などにかかる枕詞。もと、敷物に用いる栲《たえ》の意かという。「袖かへし」は、互いに衣の袖をさし交して寝た。「玉垂の」は「越智」のヲにかかる枕詞。「越野過ぎゆく」は葬列のゆくさまだろうというが、「一に云ふ」として別記されている「越野に過ぎぬ」の方が、詩としての余情のひろがりはあるように感じられる。

いずれにせよ、人麻呂はこの反歌では、夫をうしなった皇女の立場に身をおいて歌っているのである。この歌を読むと、広漠たる原野から音もなく去ってゆく霊の幻影が立ちのぼるような思いがする。そこには上句に相ついで現れる二つの枕詞のもたらすリズミカルな効果と切り離すことのできない、詩の言葉の不思議がある。

4　人麻呂——旅のうた、そして枕詞

伊勢国に幸《いでま》しし時、京《みやこ》に留《とどま》れる柿本朝臣人麻呂の作る歌

嗚呼見《あみ》の浦に船乗りすらむ𡢳嬬《をとめ》らが珠裳《たまも》の裾《すそ》に潮《しほ》満つらむか　巻一・四〇
くしろ着く手節《たふし》の崎に今日もかも大宮人の玉藻刈るらむ　同・四一
潮騒《しほさゐ》に伊良虞《いらご》の島辺《しまべ》漕ぐ船に妹《いも》乗るらむか荒き島廻《しまみ》を　同・四二

人麻呂は旅情をうたっても万葉有数の詩人だった。一首や二首旅の名歌を残したという程度の歌人なら集中にその数も多いが、人麻呂の場合は、さまざまな機会に詠んだ旅の歌が、どれをとっても土地の風光を鮮明に浮かびあがらせる技術の安定と、風物を詠んでおのずとそこに人情を流露させる手腕の巧妙において、群を抜いていたという点で別格なのである。山部赤人《やまべのあかひと》や高市黒人《たけちのくろひと》の旅の歌もつとに有名だが、人麻呂の歌の柄の大きさはまた格別だった。

右の三首、持統天皇時代の宮廷人にとって、伊勢・志摩の風光がいかにロマンティックな憧れをかきたてるものだったかということをよく示している歌である。人麻呂自身に伊勢・志摩一帯へ行った経験があるのかどうかわからない。これらの歌は、天皇の行幸先である伊勢の海景を、大和の都にあって空想しながら歌っているのであって、それを念頭において見るとまた一段と興味深いものである。

第一首の「嗚呼見の浦」は現在の鳥羽市小浜付近の入江だろうと、澤瀉久孝『万葉集注釈』は考証、推定している。第二首目の「手節《たふし》」はすなわち答志《たうし》島のこと。第三首の「伊良虞」は、愛知県の伊良湖岬とする説もあれば、答志島の東側海上にある神島とする説もある。いずれにせよ、三首並べてみれば明らかなように、鳥羽の港→答志島→東側海上ないし伊良湖岬と、順次船が沖合に向けて移動してゆくにつれて展開する風物と、それにからみ合って点景をなし、また作の情緒的統一の中心ともなる人間模様とが、絵巻物のようにくりひろげられる形となっている。この配列が人麻呂自身の並べ方によるものか、それとも『万葉集』巻一の編者によるものか、それはだれにもわからないが、編集意図は明瞭であり、何よりも三首を通じて感じられる上品な色気、名勝への、古代人にも現代人にも相通ずる憧れ、郷愁の表現は、人麻呂を十分現代的な歌人として身近に感じさせるものとなっている。

鳥羽は志摩半島の北東端にあって、伊勢湾口に位置している良港である。紀伊山地の延長である丘陵が、海辺で平地を囲いこんで作った港だが、この山地の線はそのまま海中に延びて、菅島《すがじま》、答志島、神島などを東方向へ整列させ、そのはては渥美半島まで達している。まさに「島山」である。第一、『和訓栞《わくんのしおり》』によれば、「志摩は島の義也」で、地形からしてもまことに自然な命名だった。このあたり、リアス式海岸で、島嶼と暗礁に富み、鳥羽湾、生浦湾《おうのうら》、的矢湾《まとや》、英虞湾《あご》など大小の湾をかかえて、魚介類の棲息には絶好の地である。

『古事記』神代巻に「島の速贄《はやにえ》」という言葉があるのは、志摩が古代王朝時代から新鮮な海産物を大和朝廷へ供給していたことを意味するとされている。「贄」は神や朝廷に奉る食料品のことで、「速贄」とある以上、古代の飛脚便、すなわち現代の特急の宅配便のごとき便で、山越えで大和まで運ばれたものだろう。豊富な海産物の中でも特に珍重されたものに鮑《あわび》があったので、必然的に、鮑をとる海女《あま》は、「御食国志摩《みけつくにしま》」を代表する存在ともなったのである。これもまた、古代から現代にいたるまで、伊勢・志摩の地をとりわけ懐かしいものにしている一要因であって、人麻呂の時代にもそのような意味での、伊勢へのエグゾティシズムはあったにちがいない。

人麻呂の海上の旅の歌で、もう一つ、傑出した一群の作は、淡路島を中心に瀬戸内海を西下し、あるいは東上する八首である。これはある一つの旅の、時間の順を追っての連作ではないが、全体として、船旅というものが古代人にとってどのような思いを誘うものであったかということを、美しく声調の張った歌によって見せてくれる点、単に個人の旅日記の域を超えた、ある種の普遍性をいやおうなしにそなえているのである。「柿本朝臣人麻呂の羇旅《たび》の歌八首」。うち第一首目は難訓歌であるため略す。

珠藻刈る敏馬《みぬめ》を過ぎて夏草の野島《のしま》の崎に舟近づきぬ　巻三・二五〇
淡路の野島が崎の浜風に妹が結びし紐吹きかへす　同・二五一
荒栲《あらたへ》の藤江の浦に鱸《すずき》釣る白水郎《あま》とか見らむ旅行くわれを　同・二五二
稲日野《いなびの》も行き過ぎかてに思へれば心恋《こほ》しき可古の島見ゆ　同・二五三
留火《ともしび》の明石《あかし》大門《おほと》に入らむ日や漕ぎ別れなむ家のあたり見ず　同・二五四
天離《あまざか》る夷《ひな》の長道《ながぢ》ゆ恋ひ来れば明石の門《と》より大和島見ゆ　同・二五五
飼飯《けひ》の海の庭好《にはよ》くあらし刈薦《かりこも》の乱れ出づ見ゆ海人《あま》の釣船　同・二五六

瀬戸内海を船で渡ってゆく「羇旅《たび》」は、漁師のような職業の者を除けば、当時ほとんどすべて公に関わる旅人たちの緊張した旅にほかならなかった。観光のために船旅をする私たちの感覚では、とうてい古代人の旅情を感じとることはできなかろう。このような官命を帯びた旅は、大阪湾の一角にあった御津《みつ》、つまり皇室の港から発して、内海を西南へ進んでいくのが普通だった。海上の交通は危険だが、それでも陸路のけわしさや困難さよりはまだしもだっただろう。

航海にともなう緊張は大変なものだったから、それだけに、旅の平安を祈り、また寿ぐ言葉は、重要な意義をもっていた。そのような観点から人麻呂のこれらの歌を見ると、いかにこれらが当時の大宮人たちに愛吟されたかが想像される。

ここで人麻呂と同時代に生き、同じく持統天皇の朝廷に出仕していた高市連黒人《たけちのむらじくろひと》の、現在ではよく知られている船旅の歌をいくつか、簡単な比較のためにあげてみよう。

二年〔大宝二年〕壬寅、太上天皇〔持統天皇〕の参河国《みかはのくに》に幸《いでま》しし時の歌

何処《いづく》にか船泊《ふなは》てすらむ安礼《あれ》の崎漕《こ》ぎ廻《た》み行きし棚無《たなな》し小舟《をぶね》　巻一・五八

高市連黒人の羇旅《たび》の歌八首

旅にして物恋《ものこほ》しきに山下《やました》の赤《あけ》のそほ船《ぶね》沖へ漕《こ》ぐ見ゆ　巻三・二七〇

桜田へ鶴《たづ》鳴き渡る年魚市潟《あゆちがた》潮干《しほひ》にけらし鶴《たづ》鳴き渡る　同・二七一

四極山《しはつやま》うち越え見れば笠縫《かさぬひ》の島《しま》漕《こ》ぎかくる棚無し小舟《をぶね》　同・二七二

磯《いそ》の崎漕《こ》ぎ廻《た》み行けば近江《あふみ》の海《み》八十《やそ》の湊《みなと》に鵠《たづ》多《さは》に鳴く　同・二七三

わが船は比良《ひら》の湊に漕《こ》ぎ泊《は》てむ沖へな離《さか》りさ夜更《ふ》けにけり　同・二七四
何処《いづく》にかわれは宿らむ高島の勝野《かちの》の原にこの日暮れなば　同・二七五
妹もわれも一つなれかも三河なる二見《ふたみ》の道ゆ別れかねつる　同・二七六
とく来ても見てましものを山城の高の槻群《つきむら》散りにけるかも　同・二七七

同じ巻三で、人麻呂の旅の歌も八首を一括、黒人の歌も八首を一括しているところは、八という数の末広がりのめでたさと関係があるのだろうか、偶然にしては面白い一致である。黒人の歌も、ある一つの旅の間に詠まれた歌の集成というのではない。二七一番歌の「桜田」「年魚市潟」は三河の国の、現名古屋市内の低地帯の歌だが、二七二番歌の「四極《しはつ》山《やま》」は不明、大阪・滋賀・愛知などに擬する諸説があるという。つまり瀬戸内海、琵琶湖、または東海という、古代の船旅で最も頻繁に歌われている三つの海・湖のどれとも決めがたいということである。二七三、二七四、二七五番歌はいずれも淡海《おうみ》、すなわち琵琶湖一帯の歌だし、二七六番歌は三河の二見という土地の地名に関連して、吾妹と私は一体だからだろうか、どうしても別れられないということを言っている機知の歌であって、船旅とは直接の関係はない。二七七番歌も船旅には無関係。

さてこのように、人麻呂、黒人両者の歌を並べてみると、気付くことが二つある。一つは、黒人の方が若干若かっただろうがほぼ同時代人で、同じ宮廷人だったこの二人が、旅の歌を歌う時に示している態度のいちじるしい相違ということである。端的に言えば、人麻呂の歌には黒人の歌の寂寥感、旅の心細さの感覚が、直接の表現としてはなされていない。横板もない粗末な小舟が、安礼の崎(三河)を漕ぎめぐっていったが、あの小舟は、いまごろどこで一夜の泊りをしているのか、と思いやる五八番歌――これが釈迢空《しゃくちょうくう》の推賞以来とりわけ近代人の細みの感覚に訴えるところの大きい歌として有名になったことは、あらためて指摘するまでもなかろう――には、昼間海上ですれちがったか、あるいは海辺に立って小舟を見送ったか、いずれにせよ、夜のしじまの中でそのいかにも危うげに視界を去っていった小舟と舟人を、じっと闇を透かして見つめ直している孤独な心がある。

二七二番歌も、二七四番歌も、またこれは陸上でのことだが、やはり夜の宿りを心細く思いわずらっている二七五番歌も、心のありようとしてすべて同じ孤独感を基調としたものである。

これらの要素は、人麻呂の歌では表面にほとんど出てきていない。つまりその点が、高市黒人が近代にいたってとりわけ旅の詩人としての人気を得はじめた理由とも関わってくるのであろう。そこには、近代人の個我の孤独の意識に相呼応する古代人の旅愁の表現があったのである。

もう一つの人麻呂と黒人の歌の相違点とは、人麻呂の歌にはふんだんに用いられている枕詞が、黒人の歌にはひとつも見出しえないという点にある。もっとも黒人の歌では「山下の」が「赤《あけ》」にかかる枕詞かと見る説もあるから、断定するわけにはいかないかもしれないが、「山下の」と人麻呂の歌の「珠藻刈る」や「夏草の」とでは、修飾される語との関連の度合、その詩的効用の密度において、同日に談じがたい開きがある。さらに、「荒《あら》栲《たへ》の」「留火《ともしび》の」「天離《あまざか》る」「刈薦《かりこも》の」といった人麻呂の羇旅歌に現れる枕詞の、何というべきか、堂々たる風格と手触りのたしかさ、映像喚起力の強さといったものを考えると、これは簡単に、人麻呂における修辞語としての枕詞の多用といった程度の問題として通り過ぎるわけにはいかないことのように思われる。

柿本人麻呂歌集の数多い歌を並べてみたときにも、人麻呂の歌のおどろくべき特徴として見えてくるのが、枕詞の頻出ということなので、とにもかくにも人麻呂が、枕詞というものを、実質的にきわめて重要な詩的単位であると考えていたことだけは明らかだといわねばなるまい。枕詞が単なる古代的慣習の残照を示す修辞としてではなく、詩の内容の深さの獲得に決定的に関わるものとして使用されているのが、彼の歌の大きな特徴なのである。枕詞は恋歌の場合にとくに決定的な重要性をもって愛用されているが、それ以外のジャンルの歌についてもその重要性はとうてい見すごしえない。

一方、人麻呂が旅の歌で美しく力強い影像を喚起する力をもった枕詞を使っている場合を見ると、彼は旅の歌において、単なる個人的抒情の次元を超えた詩的世界を具象的に暗示するために、枕詞を多用したのだと思われることが多いのである。宮廷人たちは彼の旅の歌をひろく愛吟したにちがいないと私が思うのも、そのためである。何よりも、彼の旅の歌がひらいてみせる明るいひろびろとした空間、その中をゆく旅人の、旅愁を胸にひめながらも、海風と陽光に接して進んでゆく快さ、そうしたものは、ただでさえ不安な海の旅をしなければならなかった彼らにとって、人麻呂の歌が与えてくれる最大の歓びであり、またはげましでもあったのではなかったか。

黒人の歌には、そのような側面はなかった。

さて、先に引いた七首の人麻呂海旅の歌は、すでにひろく知られているものだから、ここでは一首ずつの鑑賞はしない。ただ、以上にのべた事柄に関連して、これらの歌に用いられている枕詞および枕詞と見られる語をあらためて拾い出し、読者の注意を喚起するにとどめようと思う。

（二五〇番歌）「珠藻刈る」、地名「敏馬《みぬめ》」を修飾している語だが、その地でよく育った美しい藻を刈っている実景をそのまま詠みこんでいて、風光の明るさが言葉にこもっている。枕詞と見る説もあるとされている語。「夏草の」、これも、夏草のさかんに茂るさまを背景にした語で、野島に続いているが、「野」の枕詞と見る説もある。私自身の直観的な感想からすれば、人麻呂自身は、実景を目にし、あるいはあとでありありと甦らせつつ、これらの実景的な語を枕詞として用いているだろうと思う。

（二五二番歌）「荒栲《あらたへ》の」、藤の枕詞。タへはもともと楮《こうぞ》の樹皮からとった繊維の布のことで、「藤布をもタへということがあったのであろう」(日本古典文学全集「頭註」)。

（二五四番歌）「留火《ともしび》の」、燈火が明るいところから、「明石」の枕詞。地名にかかる枕詞のうちでも、とりわけ印象の強いもののひとつだが、それはひとつには、枕詞トモシビノと被修飾語アカシとの関連ぶりがきわめて自然であり、かつ明石という地名がもっている音としての明るさ、響きのよさに加えて、この土地の歴史的な風格とでもいうべきものが、なぜかしら、トモシビノという語とまことにしっくり合っているからであろう。人麻呂の歌は、この枕詞と被修飾語のかもし出す円《まど》かで大らかな印象を生かしつつ、「留火の明石大門に入らむ日や」という詩句の連ね方をしてのけている。ここでの「入らむ日や」は、意味上からは、船が明石の海峡に「さしかかる日には」という形で、日時の意味にとるべきところであるが、私たちがこの歌に接した時、まず与えられる心象は何かといえば、何といっても明石の海に沈みゆく太陽であろう。人麻呂はおそらく、そのようなダブル・イメジの効果を承知の上で、トモシビノ　アカシオホトニ　イラムヒヤと口ずさんだはずである。枕詞「留火の」は、そのようにしてこの歌の不可欠な詩的実体となった。

（二五五番歌）「天離《あまざか》る」、「鄙《ひな》」の枕詞。ヒナは空のかなたに離れている田舎をさすので、アマザカルがその枕詞となった。この枕詞も語としてきわめて魅力がある。一首の冒頭にこの語がくれば、聴く者、読む者の心のうちに生じる心象は、まずもって遠く遥けき空のそれであって、その瞬間から、人はこの歌が続いてくり出す詩句への、ある期待感を持たずにはおかないだろう。人麻呂はここでも心憎い技術の冴えをみせる。すなわち歌はこのようにうたい出される。「アマザカル　ヒナノ長道《ながぢ》ゆ恋ひ来れば」……。ヒナノ長道を遥けくも踏んで、という詩句に対して、情緒にみちた「恋ひ来れば」という詩句が続けば、これを聴く者、読む者のうちに生じた期待は、まずこれ以上ありえないほどの満足感をもって充たされるであろうことを、作者は直観的に知悉していた。「恋ひ来れば」、さて、次はどうなるか。「明石の門《と》より大和島見ゆ」。懐郷の思いでいっぱいの旅人が、いよいよ西国から故郷へ帰りついたのである。明石海峡から東のかた、夢にまで見た生駒《いこま》・葛城《かつらぎ》の連山が浮かびあがっているのが見える。これこそ「大和島」なのだ。その安堵と歓びの思いは、大和の地に暮らす宮廷人たちにとっては、だれもがたやすく共有できるものだったのであって、人麻呂のこの種の旅の歌は、まさしく彼らの共有財産であったと考えられる。枕詞がきりひらいてみせる時間・空間の大きさ、深さを、この時彼らは天才詩人の個人的才能のおかげで、共有しあうことができたのだった。

（二五六番歌）「刈薦《かりこも》の」、刈ったコモは乱れやすいので、ミダレにかかる枕詞となった。この二五六番歌は、いわば瀬戸内海の船旅を叙述してきた一連の歌の景気のよい挙句とも、またいかにもめでたくにぎやかなコーダともいうべきものだ。そのにぎやかな乱れの部分を、「カリコモノ　ミダレイヅ　ミユ」という枕詞の個所が一手に引き受けることになり、その責任をみごとに果たしているのである。

後年、枕詞に着目して書いた『冠辞考』（宝暦七年）の著作もある賀茂真淵が、「釣舟」と題して次の歌を作った。

大魚《おほな》釣る相模の海の夕なぎに乱れて出《い》づる海士小舟《あまをぶね》かも　（『賀茂翁家集』巻二）

この、真淵の代表作の一つといっていい歌に、人麻呂の「飼飯《けひ》の海の庭好《よ》くあらし刈薦《かりこも》の乱れ出づ見ゆ海人《あま》の釣船」のよき影響があるだろうことは疑いの余地がない。

さて、このように見てくれば、人麻呂の歌に頻出する枕詞は、この天才詩人によるまったく独自の操作、活性化を経て、少なくとも人麻呂においてだけは、詩の内容（単なる意味内容のことではない、意味・響き・影像をひっくるめた詩のすべてという意味である）の複雑化・重層化・その時空の拡大深化など、いくつもの点で、きわめて重要な、生きている詩的要素であったことは明らかだろう。それを私は、たまたま彼の旅の歌について瞥見したわけだが、もとより彼の枕詞の絶妙な使いぶりを見るには、これはまったくの一部分でしかない。恋歌における枕詞の重要性についてはあらためていうまでもないのである。

ただ、私は『万葉集』全体における枕詞の意義、あるいは『万葉集』成立以前の古代歌謡から、このすでに十分に文明化された時代の創作詩である万葉歌にいたるまでの長い時間の中で、枕詞がいったいどのようなモノであったのかなどの問題については、何ひとつ知見を持たないので、それらについては先学の諸学説をつつしんで読み、考えるのみである。

この章で私が書いたことの多くは、人麻呂よりは千二百年ほど遅れて生まれた現代の人間が、たまたま詩を書く立場にあるという共通性を頼りに、いわば詩それ自体の論理からすればこう考えるのが自然ではなかろうか、と思おうところをのべたにすぎない。しかし、修飾語としての枕詞を、一個の厳然たる詩的実体としてこまかに検討する作業は、現実にはまだそれほど多くなされてはいないのが実情だろう。その点で、私のような立場の人間の発言にも多少の意味はあろうかと考える。

そこで、この章のしめくくりに、突拍子もないひとつの試作を掲げさせていただくことにしたい。次章で扱う「柿本朝臣人麻呂歌集」のもろもろの歌への、一種の橋渡しとしてという気持もあってそうするのだが、掲げさせてもらう試作は、人麻呂の歌に現れる枕詞を連ねて、彼の長歌を模した一篇の哀歌たらしめようともくろんだものである。題を「異本　かきのもとの　ひとまろ　かしふ」と言い、副題を「『まくらことば』の時空へ」と言う。詩全体の筋はほとんどないに等しい。それは最初の意図として、人麻呂の作に現れる枕詞を連ねるのみで一篇の詩らしきものを作れないだろうかと考えたためである。その意図は実際には貫徹できず、枕詞をつなぐ普通の語もかなりの程度まで混じらざるをえなかったのは、一に私の不才による。全体としては、恋しつつもついに肌ひとつ触れえなかった乙女の早逝への哀歌といった体裁のものである。

私自身にとっては、このところ書きついでいる一連の、詩について考える詩の連作中の一篇として作ったものだが、このような作品を書く動機となったのは、本書を書きついでいるうちにあらためて気づいた人麻呂作中の枕詞の重要性にほかならなかった。異例のことには違いないが、「古典を読む」シリーズの一冊であってみれば、このような形の「読み」を読者諸賢に披露するのも、あるいはひとつの座興とみなして頂けるのではないかと思う。

異本　かきのもとの　ひとまろ　かしふ
「まくらことば」の時空へ

大岡　信

しきたへの袖振る子
敷妙《しきたへ》の枕を去りぬ
わが恋ふる丹《に》の穂の面輪
枕辺去りぬ
玉垂れの越野《をちの》すぎゆき
とこしへに越野《をちの》に去りぬ

＊＊＊

児らが手を

手をまき巻く
巻向山《まきむくやま》越え
浅茅《あさち》原《はら》
朝日がもとに
逢はぬ子ゆゑに
久方の
天《あめ》の露霜
降りこぼす
浅茅原ゆき
小野ゆきすぎ
ともし火の
明石すぎ
珠藻かる
敏馬《みぬめ》過ぎゆき
山の際《ま》ゆ出《い》づる

八雲さす
出雲の子らの
さまよへる
ぬばたまの
黒髪山越え
ぬばたまの
夜霧ごもる
黒牛潟《くろうしがた》に　ヨ
あからひく
敷妙の子の
あからひく肌や
肌にも触れず　ヤ
利《と》ごころの
失せ尽すまで
うらぶれゆけば

山萵苣《やまちさ》の
白露しげみ
路のしり深津《ふかつ》島山《しまやま》
紐《ひも》かがみ能登香《のとか》の山に
露しげみ
わがこころ
つるぎ太刀諸刃《もろは》の利《と》きに
足踏みて
小鹿《をじか》の角の
つかのまも
安らぎ得ず　ヤ
ああかくて
降る雪の空に消ぬべく
恋ふれども
わが恋ふる

丹《に》の穂の面輪　ヤ
あからひく
肌にも触れず　ヨ
夕かたまけて
恋ふは術《すべ》なし
猟人《さつびと》の弓月《ゆづき》が嶽《たけ》に
ぬばたまの
夜霧ごもりて
行けど行けど
逢はぬ子ゆゑに
ひさかたの
天《あめ》の露霜も
濡れにける
ヤ

七　柿本人麻呂歌集秀逸

1　「正述心緒」の歌の力

天《あめ》の海に雲の波立ち月の船星の林に漕ぎ隠る見ゆ　巻七・一〇六八

「柿本人麻呂歌集」より。以下この章での引用歌は、特にことわらない限り、柿本人麻呂歌集からのものである。

さて巻七を開いて巻初にこの歌を見出したときの新鮮な驚きは忘れがたい。「天《あめ》を詠む」と題された一首で、巻七および巻十の「雑歌」の部にはこの種の「何を詠む」という形の歌がかなりの数集められている。巻七の場合、天象・気象・地象・植物・動物・器財・雑の順に並べられており、後半の「何に寄する」という形の題によって詠まれた譬喩歌の群と対比される。巻十一、十二の「古今の相聞往来の歌の類」の中の「物に寄せて思を陳《の》ぶる歌」合計四百五十二首のような作品群も、「何に寄する」という形式の歌の一大宝庫である。

こういう分類法は、言ってみれば、単語を天象以下名字《みょうじ》にいたる多くの部門別に分けて、頭音によってイロハ順に並べ、漢字と訓と用法を示し、簡便な語釈や語源までもつけるという、平安末期の『色葉字類抄』以下、各時代を通じて民間に大いに流布した国語辞典の編纂法ともある点で共通しており、さらには江戸時代からさかんに上梓された各種歳時記に脈々と伝えられた編纂法にも通じているものだろう。

「天を詠む」「月を詠む」「雲を詠む」などから「草に寄する」「鳥に寄する」「獣に寄する」「蚕に寄する」「木綿に寄する」「剣に寄する」「櫛に寄する」「枕に寄する」などにいたるこのような歌の詠み方は、一方では題詠の先駆形態を思わせ、他方では近代の俳句歳時記の先駆形態をも思わせるものであって、『万葉集』巻七、巻十、十一、十二などの興味深い点はこういうところにもあるということができる。

さて今の天の大海を詠んだ歌、よくもまあこれだけ天象を並べたてて破綻をきたさなかったものと感心させられる。その秘密は、なんといっても、月の船が星の林に「漕ぎ隠る見ゆ」という印象鮮やかな結句にあることはいうまでもない。これは注釈書にも時に指摘されているように、おそらく七夕《たなばた》伝説を詠んだ歌ではなかろうかと思われる。七夕伝説は、天象をめぐる説話のうち例外的に古代日本人に深く訴えるところのあったもので、平安朝和歌にも作例はおびただしい。

それはたぶん、日本における恋愛、結婚の形態が、鎌倉期に入るまでは、男が女のもとに夜だけ通ってゆくいわゆる通い婚の形態をとっていたことと、深い関りのあることだろう。女はもちろん、男にとっても、七夕の牽牛と織姫の哀話は、自分たちの生活体験に即してみても十分感情移入できる伝説だった。

「星の林に漕ぎ隠る見ゆ」という空想は、一年に一度逢うことのできた男と女が、一艘の船の中に相擁しつつ、林の奥へ漕ぎ隠れてゆく情景を思わせないではおかない。

黄葉《もみちば》の過ぎにし子等と携《たづさ》はり遊びし磯を見れば悲しも　巻九・一七九六

潮気《しほけ》立つ荒磯《ありそ》にはあれど行く水の過ぎにし妹《いも》が形見とそ来《こ》し　同・一七九七

古《いにしへ》に妹とわが見しぬばたまの黒牛潟《くろうしがた》を見ればさぶしも　同・一七九八

玉津島磯の浦廻《うらみ》の真砂《まなご》にもにほひて行かな妹が触れけむ　同・一七九九

「紀伊国にして作る歌四首」とある。「柿本朝臣人麻呂の歌集に出づ」として『万葉集』に収録されている歌は、さきにもふれたように、人麻呂自身の作も、当時民間で歌われていた民謡風の歌で人麻呂が採集記録したものも、さまざま含まれていたと考えられるが、この四首などは明らかに愛する女性を喪ったばかりの男の挽歌連作であって、個性的な作者の存在を実感させるものである。歌意はいちいち説明する必要もないほどだが、私にはとくに最後の一七九九番の歌が秀作だと思われる。

玉津島の磯の、浦が湾曲したあたり、そこのこまやかな砂に、身も心も染まっていこう、在りし日のかの人が踏みしめて歩いたであろう美しい砂よ、というほどの意味だろう。「にほふ」は色に染まる、美しく映えること。

この歌だけとりだして見れば、これはとても挽歌とは思えないほどのなまめかしささえたたえていて、まさに恋の歌そのものである。

春さればしだり柳のとををにも妹《いも》は心に乗りにけるかも　巻十・一八九六

「春の相聞」の中。「春されば」のサルは移るの意で、春がくると。「とをを」は「撓」で、タワワの母音が変化した形、たわみしなうさま。

春がやってくると、しだれ柳がたわわとしなう、そのように私の心もしなう。そのしなった私の心の上に、恋人よ、おまえは乗ってしまったのだ。

「しだり柳のとをを」なさまが、恋の思いに屈折する心とすんなり重なり合って二重映像を作り、その心がたわわとしなう上に、これまた柳のように軽やかな女が乗っている。

「妹は心に乗りにけるかも」は、意味だけをとれば、恋人がわが心にしっかと住みついて離れなくなってしまったということだが、このしなやかな表現が、影像として古代人にいかに好まれたものであったか――いや、現代の私にとっても、この影像は美しく新鮮だ――は、たとえば次のような同工異曲の歌がいくつも『万葉集』に見られることからもわかるだろう。

漁《いさ》りする海人《あま》の楫《かぢ》の音《と》ゆくらかに妹は心に乗りにけるかも　巻十二・三一七四　作者未詳

さきにも言ったが、七夕の歌は当時きわめてたくさん作られた。中でも「柿本朝臣人麻呂歌集」よりの三十八首の七夕歌を収める巻十「秋の雑歌」の部は、壮観といっていい。中のいくつかを抜いてみよう。

わが恋ふる丹《に》の穂《ほ》の面《おもわ》今夕《こよひ》もか天《あま》の河原に石枕《いはまくら》まく　巻十・二〇〇三
天の河水陰草《みづかげぐさ》の秋風になびくを見れば時は来にけり　同・二〇一三
わが背子にうら恋ひ居れば天の河夜《よ》船《ふね》漕《こ》ぐなる楫《かぢ》の音《と》聞ゆ　同・二〇一五
天の河去年《こぞ》の渡《わた》りで遷《うつ》ろへば河瀬を踏むに夜そ更《ふ》けにける　同・二〇一八
遠妻《とほつま》と手枕《たまくら》交《か》へてさ寝《ぬ》る夜は鶏《かけ》はな鳴きそ明けば明けぬとも　同・二〇二一

七夕歌の中には、詠み手が天上の星の立場にたって歌っているものもあれば、地上の人間として、天上の星の逢引きにわが身を重ね合わせて見ているものもある。私がここに抜き出したものは、たまたますべて、星の立場にたって詠まれたものばかりとなった。

次に巻十一の「正《ただ》に心緒《おもひ》を述ぶ」の部と、「物に寄せて思を陳《の》ぶ」の部に、あわせて百四十九首（二三六八―二五一六）という「人麻呂歌集」歌の大群落がある。これらの歌の中には、女性の立場に立ってうたわれたものも少なくない。人麻呂作か否かについては当然議論があるが、これらの歌を並べて読んだ場合に感じられるある種の質の統一性(しかも高い技術に支えられた)という点からすると、そこにはむしろ単一のすぐれた能力をもつ作者を想定する方が自然ではないかと考えられてくる。仮に複数の、かつ男女それぞれ別の作者たちの作がまじっていたとしても、手控えに記録される過程で、それらに最後的に人麻呂自身が関わっていたのであれば、当然そこには人麻呂作としていい性質の修正が加えられただろう。その点についての私の考えはすでに「人麻呂像結びがたし」の項で書いた。

いずれにせよ、巻十一の人麻呂歌集歌には、コクのある佳作が多いのである。

たらちねの母が手放れ斯《か》くばかり為方《すべ》なき事はいまだ為《せ》なくに　巻十一・二三六八

はじめて恋を知った乙女の嘆きである。当時、子の扶養と保護に決定的な役目をはたしていたのは母親であったことを念頭において読めば、母の手を離れ、たぶん母に秘密にして男というものとはじめて相対した少女が、どれほど心細く頼りない立場に立っていることを実感したか、おぼろげながら想像できるような気がする。彼女は、生まれてはじめて知るこの心細さにもかかわらず、男をすでに深く愛してしまっているのであり、それを悔いる気もないのである。この歌はそういう心的背景においてうたわれ、それにふさわしく調べの強い、いい歌になっている。人麻呂の劇的な作歌方法の一端をよく示すものといえよう。

何時《いつ》はしも恋ひぬ時とはあらねども夕かたまけて恋は為方《すべ》無し　同・二三七三

朝昼晩、いつとて恋いわたらぬ折とてないけれど、わけても夕暮れ時になると、恋ごころはどうにも始末におえないほどだ、というのである。「夕かたまけて恋は為方無し」という表現に、みごとに凝縮する言葉の働きがある。

よしゑやし来まさぬ君を何せむに厭《いと》はずわれは恋ひつつ居らむ　同・二三七八
見わたせば近きわたりを廻《たもとほ》り今か来ますと恋ひつつそ居《を》る　同・二三七九
愛《は》しきやし誰《た》が障《さ》ふれかも玉桙《たまほこ》の道見忘れて君が来まさぬ　同・二三八〇
君が目を見まく欲《ほ》りしてこの二夜《ふたよ》千歳《ちとせ》の如《ごと》く吾《わ》は恋ふるかも　同・二三八一
うち日さす宮道《みやぢ》を人は満ち行けどわが思ふ君はただ一人のみ　同・二三八二

ぬばたまのこの夜な明けそ赤らひく朝行く君を待たば苦しも　同・二三八九

恋するに死《しに》するものにあらませばわが身は千遍《ちたび》死にかへらまし　同・二三九〇

これらはすべて、女の立場からの恋歌。情熱の切迫と、純情可憐と、男をひたすら待つ身の嘆きと。

これらの歌は、思えばその後日本の和歌が一千年以上にわたってなぞりになぞることになる恋情表現のある種の基本形を、それぞれの歌において示していたともいえそうである。たとえば右の引用の最後の歌(二三九〇)についていえば、

恋にもそ人は死《しに》する水無瀬河《みなせがは》下ゆわれ痩《や》す月に日に異《け》に　巻四・五九八　笠女郎《かさのいらつめ》

思ふにし死《しに》するものにあらませば千《ち》たびそわれは死に返らまし　同・六〇三　同

のような、類想(前者)どころか、まったく同想(後者)の歌も、やや下った世代の代表的女流恋愛歌人笠女郎の作にあるのだし、また下って平安朝随一の女流歌人和泉式部の歌にも、

君恋ふる心は千々に砕くれど一つも失せぬものにぞありける　和泉式部

のごとく、「千遍《ちたび》」「千々《ちぢ》」といった数字の使用法においてある種共通の伝統が成り立ってゆく過程を示すような歌も作られるようになってゆくのである。これについては、右引用歌中の二三八一番に、「この二夜《ふたよ》」を「千歳の如く」わたしはあなたを待ち焦がれているという、実感のこもった、しかも知的な表現があることも、合わせ見ることができよう。いったい、古代の歌において、百とか千といった数字を「恋歌」に用いるというようなことは、それだけですでにかなり進んだ構成的な方法意識の発生を想定させるものだといっていい。

なかなかに見ざりしよりは相見ては恋しき心まして思ほゆ　巻十一・二三九二

この歌を見ればおのずと思い出される歌があって、いうまでもなくそれは次の平安朝貴族の有名な歌である。

逢ひ見ての後の心にくらぶれば昔は物を思はざりけり　権中納言敦忠《ごんちゅうなごんあつただ》

この『百人一首』にも採られた『拾遺集』初出の恋歌は、女のもとに初めて通った翌朝に詠んで女に贈った後朝《きぬぎぬ》の歌とみる説や、契りをいったん結んだけれどもその後容易に逢えない事情が生じて、その悩みを訴えた歌とみる説その他があるが、いずれにしても、相手を知ってしまったがゆえにかえって深まる恋の悩ましさという点に作意の中心があることは明らかである。これはまさに、上掲人麻呂歌集歌と同想のもので、これもまた、後世の恋歌の基本形の一つがすでに人麻呂歌集にあったことを示す一例であろう。

朝影にわが身はなりぬ玉かぎるほのかに見えて去《い》にし子ゆゑに　同・二三九四

「朝影」は、朝日を受けてまだ弱々しく、細長く地上に引いている物の影のこと。「玉かぎる」は夕・ほのか・はるか・日・岩垣淵などにかかる枕詞で、カギルは玉がほのかに微光を発する状態をいうとされる。

この歌は巻十一の人麻呂歌集歌百数十首の中でも、とりわけ愛誦に堪えるものの一つだが、さてこの「去《い》にし子」は、今この地上に生きているのか、それとも死んでしまった女なのか、いずれともとれ、いずれにしても優れているところがまた一段と興趣深い。斎藤茂吉の『赤光』の有名な「おひろ」連作に次のような歌がある。

はつはつに触《ふ》れし子ゆゑにわが心今は斑《はだ》らに嘆きたるなれ
ほのぼのと目を細くして抱《いだ》かれし子は去りしより幾夜か経たる
愁ひつつ去《い》にし子ゆゑに藤のはな揺《ゆ》る光さへ悲しきものを
愁へつつ去《い》にし子ゆゑに遠山《とほやま》にもゆる火ほどの我《あ》がこころかな

茂吉が人麻呂歌集の中に「朝影にわが身はなりぬ玉かぎるほのかに見えて去《い》にし子ゆゑに」を見出したときの、心のふるえ、感嘆のうめきを、私は想像できる。人麻呂の調べは千年以上を経て、現代の悲恋の絶唱の中にものののみごとに甦った。

行き行きて逢《あ》はぬ妹《いも》ゆゑひさかたの天《あめ》の露霜《つゆしも》に濡れにけるかも　同・二三九五

原文「行こ」を「行けど行けど」あるいは「つれなくも」とする訓もあって、じつは本書でも、すでに一度これを引いた際(一六三ページ)には、「行けど行けど」の形で引いた。それだと、求婚のため何度でも足を運んだにもかかわらず逢おうとしない女のために、という意になろう。

「行き行きて」と読む場合はこの初句を一種の倒置法と見て、第五句の「濡れにけるかも」にかかるとする説が有力で、今はそれに従っておくが、現代の詩歌の一般的な読み方でいうなら、「行けど行けど」の明快で直情的な詠みぶりの方がしっくりくることはたしかであろう。

いずれにせよ、相手と思うように逢えない男の嘆きである。しかし、歌全体の印象は、単なる振られ男の嘆きにとどまらず、大いなる時空を彷徨する若い男のあくがれ心の悲傷という感じさえ与えるところがある。特定の相手の存在さえすでに眼中にはなく、憑かれたように夢の女を探し求めてゆく魂の叫びででもあるかのように。あるいはまた、これも前の歌と同様、すでに幽界に去ってしまった女への、尽きることない恋ごころのさまよいを思わせる悲傷の調べででもあるかのように。

私のこういう読み方は、いうまでもなく原作の表現しているものをはるかに逸脱した歪曲を含んでいるだろう。けれども、これを、各種の万葉注釈書がしるしているような大意あるいは口訳に従って、「どうしても逢えない妹のために、遠くまで行きに行って、露霜に濡れたことよ」という程度に解してしまっては失われてしまうある深い吐息、ある深い嘆きが、原歌にはたしかにある。それを伝えるために必要な歪曲というものもまたあるだろうというのが、私の考えである。

そしてまたしても斎藤茂吉だが、『赤光』『あらたま』に続く彼の実質的には第三歌集に当る集が、『つゆじも』という題を持っていたことも、私にはかりそめならぬことのように思われる。主に大正七年から十年までの時期の歌を集めたこの歌集は、刊行されたのはずっと後の昭和二十一年だが、長崎時代および洋行時代にまたがるこの時代が、茂吉にとって主観的にはまさに「天の露霜に濡れにけるかも」の彷徨時代だったのは事実だからである。彼はこの人麻呂歌集歌の伝えてくる一種異様なパトスに、うちふるえて感応するものを当時心にいだいていたのではないかというのが、私の空想である。

人麻呂歌集から歌を引きはじめると切りがなくなるおそれがある。先を急ぎたいのは山々だが、もう一つ、一群の歌をずらりと並べる形で、人麻呂歌集の歌づくりの魅力をのぞいて見ることにしたい。

そもそも『万葉集』巻十一および巻十二は、「古今の相聞往来の歌の類・上下」と題され、作者未詳歌および人麻呂歌集歌によって構成されており、「旋頭歌《せどうか》」一七首、「正《ただ》に心緒《おもひ》を述ぶる歌」一四九首、「物に寄せて思を陳《の》ぶる歌」三〇二首、「問答の歌」二九首、「譬喩歌」一三首(以上巻十一)、「正《ただ》に心緒《おもひ》を述ぶる歌」一一〇首、「物に寄せて思を陳《の》ぶる歌」一五〇首、「問答の歌」三六首、「羇旅に思を発《おこ》す歌」五三首、「別れを悲しぶる歌」三一首(以上巻十二)を収めている。そしてこれらのうち、「旋頭歌」「正述心緒」「寄物陳思」「問答歌」「羇旅発思」などの各項目に「柿本朝臣人麻呂歌集に出づ」と左注のある歌が収められているのであって、「巻七」「巻九」「巻十」にもそれぞれ集団をなして散在する人麻呂歌集歌と併せ見れば、人はいやでもこれらの歌のもっている文学的修辞の水準の、ある一定の質と高さを思わずにはいられないのである。以下に私がとりあげる一群の「寄物陳思歌」の場合は、その一例を実作によって見てみようというにすぎない。

ちなみに、この章で私が引いてきた「行き行きて」までの人麻呂歌集歌は、「正述心緒」の部類に属するものだった。この部類の歌が、他の事物に思いを託すことなく心情を真直にのべることをもって本質とするのに対し――ただし実際はそれほど厳密でもない――「寄物陳思」の部類の歌は、自らの心情をのべるのに、一たん事物に託してそれを述叙する行き方をとっている。この方法は、いわゆる寓喩的方法にも重なり合う要素を持っているわけだが、寓喩の方法では本意をあからさまに言うことはせず、それを覆いかくすのが本筋であるのに対し、この「寄物陳思」の歌は、本意をも明確に言い切っている点で一線を画している。

しかもそこでは、創作モチーフとしての気分と現実の事物との接点が明確であるだけに、むしろ興味深い「詩の生成現場の消息」がそこにうかがえるのである。また、これと深く関わることだが、「喩的なるものの発生現場」も、作品の中に透けて見えるというおもしろさがある。これが少なくとも私にとっての「柿本人麻呂歌集」の一つの重要な意味である。

2 「寄物陳思」の歌の豊かな意味

「寄物陳思」の歌の中から、「草に寄せて」歌われた十九首を例に引くことにしよう。

わが背子にわが恋ひ居ればわが屋戸《やど》の草さへ思ひうらぶれにけり　巻十一・二四六五

浅茅原《あさぢはら》小野《をの》に標結《しめゆ》ふ空言《むなこと》もいかなりといひて君をし待たむ　同・二四六六

路の辺《べ》の草深百合《くさふかゆり》の後《ゆり》にとふ妹が命をわれ知らめやも　同・二四六七

湖《みなと》葦《あし》に交《まじ》れる草の知草《しりくさ》の人みな知りぬわが下思《したおもひ》　同・二四六八

山萵苣《やまぢさ》の白露しげみうらぶるる心も深くわが恋止《や》まず　同・二四六九

湖《みなと》にさ根延《は》ふ小菅《こすげ》しのびずて君に恋ひつつありかてぬかも　同・二四七〇

山城の泉の小菅おしなみに妹が心をわが思はなくに　同・二四七一

見渡しの三室《みむろ》の山の巌菅《いはほすげ》ねもころわれは片思《かたもひ》そする　同・二四七二

菅《すが》の根のねもころ君が結びてしわが紐の緒を解く人はあらじ　同・二四七三

山菅《やますげ》の乱れ恋ひのみ為《せ》しめつつ逢はぬ妹かも年は経《へ》につつ　同・二四七四

わが屋戸《やど》の軒のしだ草生《お》ひたれど恋忘草見れど生ひなく　同・二四七五

打つ田には稗《ひえ》は数多《あまた》にありといへど択《え》らえしわれそ夜《よ》をひとり寝《ぬ》る　同・二四七六

あしひきの名に負う山菅《やますげ》押しふせて君し結ばば逢はざらめやも　同・二四七七

秋柏潤和《あきかしはうるわ》川辺《かはべ》の小竹《しの》の芽の人には逢はね君にあへなく　同・二四七八

さね葛《かづら》のちも逢ふやと夢《いめ》にのみ祈誓《うけ》ひわたりて年は経《へ》につつ　同・二四七九

路の辺《べ》の壱師《いちし》の花のいちしろく人皆知りぬわが恋妻を　同・二四八〇

大野らにたどきも知らず標結《しめゆ》ひてありそかねつるわが恋ふらくは　同・二四八一
水底《みなそこ》に生ふる玉藻のうち靡き心は寄りて恋ふるこのころ　同・二四八二
敷栲《しきたへ》の衣手《ころもでか》離れて玉藻なす靡きか寝《ぬ》らむ吾《あ》を待ちがてに　同・二四八三

十九首全部の引用をあえてしたのは、このような形で読んではじめて見えてくるものがたしかにあると思うからである。

いうまでもなく、これらの歌はすべて恋歌である。実際のところ、柿本人麻呂歌集の歌は、正述心緒の部類であれ寄物陳思の部類であれ、ほとんどすべてといっていいほどの割合で、恋をうたっている。言いかえると、一首一首の歌がもし単に女を、あるいは男を、熱烈に恋しく思うその純情を訴えるだけのものであったなら、それらの内容は大同小異、多くは単調退屈なものになり終ってしまう危険性をはらんでいたはずだということである。事実、『万葉集』の多少とも名ある作者たちの恋歌をとりだして並べてみても、恋歌というものが作者自身の経歴やエピソードから切離されてなお十分鑑賞に耐えうるほどに、歌そのものとして面白く作られている例は、意外なほど限られることに気づく。恋歌で面白いものは、むしろ作者不明の民謡風の歌——その中には「古歌集」から採ったとされているものや「東歌」なども当然含まれる——の方に断然多いとさえ言えるのである。柿本人麻呂歌集の歌群は、その意味でも注目すべき性格をもっているのであって、これらの歌は「恋」という、およそ変り映えのしない千古不滅の主題を飽きることなくくりかえして歌いながら、決して単調なくりかえしには終っていない。

その重要な原因のひとつは、一首一首の完結した面白さを保証し、表現の密度を高めることに貢献している修辞そのものにある。右の引用歌について、そのいくつかの性格を分析してみよう。

二四六五番歌は、「草」に関りをもつさまざまな恋歌の発端におかれるにふさわしい素直な抒情詩である。いかにも女の恋歌らしく、品よく、しおらしく作られているところも巧みである。この歌を読むとおのずと、万葉初期の女流額田王の恋歌が思い出される。すなわち、

君待つとわが恋ひをればわが屋戸《やど》のすだれ動かし秋の風吹く　巻四・四八八

両者並べてみれば、額田王の歌の方が視像の明確さ、生活感の強さにおいてより優れて

いるが、おそらく王のこの歌は、人麻呂のような後続世代にも強い印象を与えて、類想の歌がさまざまに作られたに違いないと思われる。いずれにしても、このような形で歌の作り方、詠風の伝統というものが先行世代から後続世代へと伝えられていった例は多かっただろう。

二四六六番歌は、一読すらりと意味をとりかねる歌だが、大意は「短い茅《かや》(浅茅《あさぢ》)の生えている野原に標縄《しめ》を張るような、むなしいあなたの嘘言を、どんな事情《わけ》があってと人には弁解して(「いかなりといひて」)、あなたをお待ちしよう」というほどの意味である。この場合、「浅茅原小野に標結ふ」はムナコトにかかる序詞だが、序詞としての意味からすれば、ムナコトは「空事《むなこと》」と表記されるべきである。しかしこのムナコトは、同時に「いかなりといひて」以下に本格的にかかることになるので、その場合には「空言《むなこと》」と表記されねばならない。こういう構造になっているために、一読しただけだとすんなり納得しにくい感じが生じるのである。「いかなりといひて」の圧縮表現もその印象を強める。

ところで、このような詠法が、平安朝和歌の興隆とともにあらためて大いに脚光をあび、活用されるにいたることは、事新しく強調するまでもなかろう。一首だけ例をあげれば、『古今集』巻一春歌上の次の有名な歌——

わがせこが衣はる雨ふるごとに野べの緑ぞいろまさりける　紀　貫之

ハルが「衣張る」と「春雨」との二重のかかりに活かされている例だが、この種の詠法は、わずか三十一音の短歌形式を、景と情との二方向において多面的に運用しようとする時、必然的に編み出された技術だったし、それはまた同音異義語の多い日本語本来の生態からして、早晩発生しうべき詠法でもあったのである。

このような詠法の歌が、柿本人麻呂歌集に少なくないということが、私にはまことに面白く思われる。すなわち、人麻呂より後の世代の歌人たち、山部赤人、大伴旅人、大伴坂上郎女、山上憶良、沙弥満誓《しゃみまんせい》、高橋虫麻呂、大伴家持、笠女郎らのだれをとってみても、このような、ごく印象的に言って入り組んでいる、構造の多少とも複雑な歌の作り方は、していないのである。彼らの歌の表現は、論理的な一貫性においても、情緒的な自己表現の統一性においても、人麻呂歌集の世界にくらべるとあきらかにより一義的に整理され、明確な自己同一性を保っているという印象を与える。いわば光と影とがはっきりしている絵のような、個性的な表現になっている。私たちは彼らの日常生活のある種の局面についてなら、かなりはっきり感じとることもできれば、ひょっと道で逢った時挨拶だってできそうな気持になる。たとえば旅人が九州で作った讃酒歌十三首の背景には、彼が当時その地で愛妻を喪《うしな》ったことからくる悲嘆という個人的体験があったのではないか、というようなことさえ想像できるのである。それはひとえに、彼らの歌の表現が、人麻呂的なそれとは異なり、明確にある社会階層的位置づけを持たされている個人の表現という性格を帯びるにいたったからである。

言いかえれば、彼らの歌は彼らの等身大に限定されるにいたった。『万葉集』に個人の作としては最も大量に残る大伴家持の歌をすべて読んでみれば、その思いはとりわけ強い。私たちは家持という人の、おどおどしたところも、おっとりしたところも、恋愛において激情家であるところも、甘ったれなところも、人との付合いを大切にするところも、一族の長としての自覚に悩まされていたであろう責任感の強さも、また友人たちとたまには度を越してふざけ合う宴の雰囲気が好きだっただろうところも、感傷家であったところも、あるいはまた彼が作歌において、初期はむしろずいぶん下手くそでさえあったところも、よく分るのである。そして、家持の歌は、それが大量に残ったために知られる事実として、近代の歌人の場合に近く、日々の日録的な要素を強く持ってさえいた。彼の表現には、人麻呂歌集的な意味での入り組み方、つまりイメジとイメジの重層性が一種のふくらみを生み出してくるような、ある暗がりの部分は、全く見られなくなっているのである。

そのような違いを、単に人麻呂は古代的、家持は非古代的というような言い方で説明してみても始まらない。私たちにはっきり見えるところでいえば、両者の違いのきわめて重要な部分に、修辞法の違いがあることは明らかなのである。

そしてもう一度先ほどの話題に話を戻すなら、私は人麻呂歌集歌の前述のような叙法重層化の技術——それはすでにこれに先立つ章でものべたように、人麻呂作歌であることが明記されている歌の数々においても、顕著に見られる特徴であった——が、今あげたような万葉第三期・四期の歌人たちにおいては一般的に受けつがれるところ少なく、むしろ平安初期の漢詩文全盛、いわゆる国風暗黒時代をいったん通過したあと、紀貫之をはじめとする『古今集』代表歌人たちの時代の、「やまとうた復興」期になって、再び新たな装いとともに大いに盛行するにいたったことを、なみなみならぬ面白さをもつ歴史的出来事だと考える。

3　相聞歌から誹諧歌へ

項をあらためて、先に十九首を引用した人麻呂歌集の歌に戻ろう。

二四六七番歌の「草深百合《ゆり》の後《ゆり》にとふ」、六八番歌の「知草《しりくさ》の人みな知りぬ」、八〇番歌の「壱師《いちし》の花のいちしろく」などは、音の共通性を利用して下句を引き出すための序詞で、構造的には比較的単純だが、これにはこれで面白い効果がある。それは、同音異義語の利用が必然的に生みだす思いがけない物同士の遭遇ということであって、突飛な連想をいえば、フランス二十世紀のシュルレアリスムの詩人たちがある種の理論的・意図的発見の結果として実行したことが、日本ではこのような古代の詩において、ヤマトコトバの体質的必然から、いやおうなしの自然発生的方法として実現していたということがいえるのである。ただし、こんなことがあるからといって、それを日本の古代詩の優秀さの例証にあげるようなことは、もとより愚かしい。それぞれの民族の言語がもつ特殊な体質からくる、必然的な方法の相違と相似の問題にすぎないからである。

二四七〇番歌から七七番歌までの間の、七五、七六番歌を除く六首の歌は、「菅」にかかわる歌である。この草は「菅《すが》の根の」という用法の枕詞としてふつう最も印象的な草である。それはスゲの根が長いところから「長《なが》」、また「乱れ」「絶ゆ」「懇《ねもこ》ろ」「すかなし（独居の心さびしさを形容する）」などにかかる枕詞である。下にくる語も、たとえば「ねもころ」などは、「すがのねの」の「ね」に響き合う所からとりわけ快い語の結びつきを形づくっているが、これなども、菅の根が長いという影像的な裏づけがあるため、単なる口調のよさだけではなく、影像的実質に背後を支えられて「ねんごろ」の意味をよりよく表現する力を発揮するのである。

こういう成り立ちは、すべての枕詞について明らかであるわけではないが、本来枕詞の発生してくる基盤には、信仰的・社会的文脈をも十分に踏まえた上で、具体的な自然物の影像を十分に生かそうとした創造的意欲があったと考えられる。そこには、物の影像の力を意思・感情の表現強化のための有力な手段にしようとする、つよい意欲が働いていたはずである。

それがつまり、詩的表現におけるさまざまな喩《ゆ》の発生の第一現場であった。古代の喩にあっては、いわば肉付き面伝説にある、面にぴったり食いついて離れなくなってしまった顔の肉のように、「語」とそれが覆っている「現実の事物」との間には不可分の結びつきがあった。人麻呂はたぶん、伝承されてきたその種の喩に、再び生気を吹きこむ上で特別の天才を発揮しえた人であろう。と同時に、彼はみずからその種の喩を、たくさん新たに創造することもしたのではないかというのが、何の確実な資料的根拠もないにもかかわらず、私のひそかに信じているところである。

二四七六番歌は、女に振られた男の嘆き歌である。この種の題材は、元来日本の恋歌のかなりの部分を占めていたものである。そもそも日本古来の伝統詩歌にあっては、得恋の歓喜を歌った歌の数を一とすれば、失恋の嘆きを歌った歌の割合は、千にも万にもなるだろうと思われるほどだ。それは結局、「恋の歌というもの」を、そういう嘆き歌の様式においていて考える習慣が、そもそものはじめから成立していたという事実から来ているものにほかならない。現実には、失恋の数に匹敵する数の得恋があったはずなのに、「歌」として「表現」されるところのような事情になったということ——それは特に、「題詠」が必須の作歌術となった平安朝以後の王朝和歌において、完全に常套的な様式となった——は、さかのぼって言えば、男女間でかわされる歌が、本質的に「くどき」を目的とするものだったからである。

目ざす相手をくどき落とそうとする男(そして女)が、あの手この手で修飾し、技巧をこらした失恋の歌を相手に捧げて相手の情を融かし、歓心を買うことにつとめるのは、ごく自然な要求だった。この種の歌の様式が、王朝以後も大いに栄えたのは、何度もふれたが当時の男女関係が、基本的に男が女のもとに夜だけ忍んで通う妻問い婚だったからである。極端な言葉をあえて使えば、当時のこの種の恋愛・結婚形態においては、女はみな、原則的には「一夜妻」というわけだった。現実には男がそのまま住みつく場合もたくさんあっただろうが、歌の表現の中では、男も女もあくまで一夜明けたあとはきぬぎぬの別れを嘆かねばならなかった。

一年に一夜しか逢えない牽牛・織女の恋物語が、『万葉集』においても、王朝和歌の時代になっても、断然他を圧して日本の詩人たちのお好みの主題でありつづけたのも、まさにそういう事情を反映していた。詩人たちはこの伝説のうちに、逢うことを最も理想的に禁じられた二人の男女を見出し、その「あはれ」を心をこめて歌い、応援したのである。

このような事情だから、一般に恋を得られない嘆きの歌は、「あはれ」深いことをもって理想的とする。しかし時たまその変種もまじってくるのは当然で、それが多くの場合自嘲の歌の形をとるのもまた自然であった。二四七六番歌はそのような例の一つである。「耕した田にはたくさんの稗粒が実っている。それなのに、私だけが択《え》り分けられ、はずされて、夜をひとりぼっちで寝ているとは！」

この種の歌は、本人にとっては辛いのに、歌を聞く、あるいは読む人にとってはおかしい場合が多い。したがって、これをさらに自覚して意識的に歌うようになれば、そこに「俳諧」が生まれるわけで、『古今集』の「誹諧歌」以後、方法的に笑いをうたう歌の系譜が生まれるのも、歴史の必然だったのである。

『万葉集』でいえば、この種の意識的に笑いをうたう歌は「巻十六」に多い。私はかねがね『万葉集』の中で一風変って面白い――それはいろいろな観点から見てのことだが、とくに現代との関連を考える上で面白い――巻として、「巻十六」を愛してきた。機知と笑い、物語的な虚構などの価値を、この巻の編者は十分に認識して編んでいる。そこから見えてくるのは、詩というものを、知性と感性の多様な結合によって成り立つ、人間精神の広範な活動領域としてとらえていた古代の知識人の見識である。

「巻十六」については、本書では紙幅の関係で個別の作をとりあげて論じることはしないが、右の点だけは、人麻呂の歌との関連においても書いておきたい。

筑波峰《つくはね》に　廬《いほ》りて　妻なしに　我が寝《ね》む夜《よ》ろは　早《はや》も明けぬかも　常陸風土記歌謡

人麻呂歌集の振られ男の歌の先蹤として、この一首をあげておく。有名な筑波山の嬥歌《かがい》の行事にかかわる民謡である。嬥歌は、農作業が本格化する前の春先、山に登って男女が歌いかわし、それぞれ相手を得て一夜を共にすごす行事で、豊作を祈る予祝行事でもあっただろう。ところがこの歌は、ついによき相手を得られず、ひとり淋しく野宿する男の歌である。だから、夜よ、早く明けてくれ、たのむよ、という次第だ。もちろんこれは作者名の明らかな歌でも何でもないから、大勢の人々が愛誦した民謡の中に、こういう、わびしくも滑稽な歌が入っていたわけである。人々にとっては、この種の歌もまた必要だったのである。

もっとも、嬥歌でかねて目星をつけておいた女性に求婚しようとする男は、しかるべき財物を女に——というより女の親に——提供する必要があったらしい。するとこの風土記の歌の主人公は、その力もない貧しい男だったのかもしれぬ。

二四八二番、八三番歌には、人麻呂の長歌でもおなじみの「玉藻なす」寄り寝し妹《いも》の影像が歌われていて、陸地だけではなく、海中の藻草までも恋歌のための喩として用いた古代人の鋭い自然感覚を、あらためて思い知らせてくれるのである。

八　人麻呂以後の歌人たち

1　憶良と「老」の歌の意味

一九六一年のことだったから、約四半世紀むかしのことになる。どういうきっかけからだったか、私はＮＨＫラジオの「放送詩集」という番組のために、「万葉の世紀」と題する文章を何回か書いたことがある。一回十五分ずつの番組だった。そのうち、一部分を、のちに書いた山上憶良に関するエッセー、「憶良をめぐる二、三の妄想」(『国文学』一九七〇年八月号、のち『たちばなの夢』に収録)の中に、話のつぎ穂として挿入したことがある。

いま、人麻呂以後の万葉歌人たちについて書こうと思うと、どうしてもその当時から私にとって興味深い問題だったこと、すなわち万葉歌人群の中での憶良の位置いかん、という問題について、まずふれずにはいられないのを感じる。

最初に留意すべき点は、憶良の歌のうち、自然界に対して一応なりとも観照的あるいは賞美的な態度で歌ったものは、「秋の七草」を短歌形式と旋頭歌形式とで詠み分けた次の二首程度しかないという事実である。

秋の野に咲きたる花を指《および》折りかき数ふれば七種《ななくさ》の花 其の一　巻八・一五三七
萩《はぎ》の花尾《を》花葛花《ばなくずばな》瞿麦《なでしこ》の花女郎花《をみなへし》また藤袴《ふぢばかま》朝貌《あさがほ》の花 其の二　同・一五三八

この二首とても、賞美的であるというよりは、単に花の名を列挙してみたにすぎないといえばいえるが、しかしそこには、『万葉集』巻七・巻八・巻十に明らかな形で芽生えているのと同じ季題・季語意識の鮮かな表れがあったことはたしかである。この二首を除けば、憶良には自然をじかに対象とした歌はないに等しい。彼の歌の大方は人事に関する歌で、しかもそこには恋愛の歌もない。愛の歌はたくさんあるが、それは妻や子に対する、虚飾のない、切実に家族的な愛情を歌ったものばかりである。

たとえばここに、憶良とほぼ同世代の詩人、山部赤人の歌がある。

若の浦に潮満ち来れば潟《かた》を無み葦辺をさして鶴《たづ》鳴き渡る　巻六・九一九
ぬばたまの夜《よ》の更《ふ》けゆけば久木《ひさき》生《お》ふる清き川原に千鳥しば鳴く　同・九二五
春の野にすみれ採《つ》みにと来《こ》しわれそ野をなつかしみ一夜《ひとよ》寝にける　巻八・一四二四

赤人のこの種の歌にある自然との深い親和感は、憶良にはない。さらに別の、もっと後代の歌人の作を引けば、『古今和歌集』巻二、春歌下にある紀貫之の次の歌——

山寺にまうでたりけるによめる
やどりして春の山辺にねたる夜は夢のうちにも花ぞちりける　紀　貫之

これなどは、自然に対して風流の意識をもって接するようになった平安王朝歌人の作品の、自然との一体感の表現方法がどのようなものであったかを示す好例だろう。右に引いた赤人の一四二四番歌は、まさしくそのような美意識の発生を予告しているものだった。

こういう意味での自然との審美的一体化は、山上憶良の歌には全く見出せない要素である。

『万葉集』の歌人たちだけでなく、ひろく日本の古今の詩人のうち、山上憶良ほどに、自然への親しい挨拶を抜きにして詩を作りえた詩人は稀れではなかったかと思われる。憶良はその代りに、貧・老・病・死のような人生の暗い側面を歌うことにおいて、例外的に積極的だった。それればかりか、彼はいくつかの作品において、漢文を用いた――すなわち万葉仮名ではない――長文の序を、長歌あるいは短歌――これらのヤマトウタは万葉仮名で書かれている――のために付けており、それら漢文の散文の中では、仏教や儒教思想の表現の影響を露骨に示した文章によって、ある種の人生哲学的思弁を長々と展開し、ひけらかしてさえいるのである。その叙述の仕方を見ると、憶良という人がとにかく理屈っぽい人物だったことは明らかである。漢学の素養を作品の中でこれでもかこれでもかとひけらかす点からみると、周囲の人々に煙たがられる存在だったことは容易に想像される。性格的には、我が強くてしつこい野暮天の人物だったろう。不遇意識が強いため、社会的弱者に対する思いやりは深かったが、それらの人々から慕われることはあまりなかったのではないかと思われる。功名心も強かっただろうが、涙もろい人物でもあっただろう。そして当時としては全く珍しく、男女間の愛ではなくて親としての子への愛を、きわめて明確に、まるで社会に対する抵抗の意思表示でさえあるかのように、くりかえし歌いあげた。

つまり、総体的にいって、コンプレックスにみちた知識人だった。

こうしたことはすべて、憶良に関する最も基本的な知識であって、今さら私が何をつけ加える必要もないのだが、では、いったいなぜ、彼はそのような、たった一人の道を行こうとしたのか、という点になると、問題はにわかに推測の領分に入りこみ、すっきりした答は出しにくくなる。私は前述の一九六一年に書いたラジオ放送の文章で、この点について次のような独断的推論をのべたのだった。

《しかしここで興味があるのは、彼のこうした作品が、全体として当時のもっとも尖端的な、モダンな傾向を示していたのではないかということである。仏教や儒教は、奈良時代には、まだ新しく入って来たばかりの外来思想だった。憶良は、ある場合には衒うともみえる程の学識をふりまわして、釈迦の仏法や唐土の聖賢の事蹟に言及しながら、人生の無常、「世間《よのなか》の道」に関する感慨をのべている。それは、いわば新帰朝者の気負いと、人麻呂的な当時の抒情詩の代表的詩風に対するひそかな反逆心をあらわすものだったのではなかろうか。いいかえれば、憶良は万葉時代における近代主義者だったのではなかろうか。

そういう眼でながめてみると、たとえば「貧窮問答の歌」にしても、貧困の描写の切実さが切実であればあるほど、一方ではあまりにもツボを心得て書いているような感を与えることも否定できない。つまり、ねらった通りの効果を出すことを心得ていたということである。人麻呂がある瞬間に到達したような、天衣無縫の表現世界というものは、憶良には見られない。

しかし、彼が、いわば批評家と詩人との合体という、当時としてはまったく新しい境地をきり開こうとしたことは、まぎれもない事実だったように思われる。由来、日本では、知性と抒情詩を水と油のように対立させる考え方が支配的であり、憶良に対する評価も、久しいあいだこの偏見に左右されてきた。憶良が高い評価を与えられたのは、ごく近年のことに属している。

ここでもうひとつ注目していいことは、万葉時代の近代主義者憶良が、人生の華やかな側面ではなく、暗い側面を歌ったという事実である。これは、日本人が初めてぶつかった体系的な外来思想が、諸行無常を教える仏教やまた儒教であったという事実と切りはなせないもので、憶良は最も尖端的な知識人のひとりとしてこれらの思想を吸収したが、その結果つくり出された彼の詩は、老年や死に対する強い関心をうたうものとなった。

いいかえれば、老年や死をうたうことこそ、万葉時代の思想的青春のあらわれだったのである。》

この文章で憶良を万葉時代の近代主義者と呼んでいるところなど、若気の至りでずいぶん無茶なレッテルを貼ったものだと思うが、文意の大筋については、私は今なお同じようなことを憶良について考えていると言っていい。ただ、たとえば老年と死をうたうことこそ、万葉時代の思想的青春のあらわれだった、というような言い方は、それだけでは全く不明確である。私が言いたかったのは、のちに書いた「憶良をめぐる二、三の妄想」の中でも述べたのだが、次のようなことだった。すなわち私は、憶良がいくつかの長歌の序文や、漢文による万葉ただ一つの散文作品「沈痾《ちんあ》自哀の文」、あるいはまた「俗道の、仮に合ひ即ち離れ、去り易く留り難きことを悲嘆《かな》しぶる詩一首序を幷せたり」のような、漢文序および七言律詩一首から成る作品(すべて巻五に収める)において展開している死生観を読むたびに、病、老、死、あるいは貧苦に対する絶望的な悲哀を述べつつある彼の気持ちの背後に、それら人生の暗黒な側面を可能なかぎりくっきりと対象化し、思惟の対象として前後左右から検討してみようと決意した新しいタイプの文学者が、古代日本でまさに初めて、誕生していたのではないかということを感じるのである。

言いかえると、憶良の出現によって、『万葉集』ははじめて、「人麻呂以後」の新しい時代に明瞭な形で突入したのではないか、ということである。さらに別の言い方をすれば、私たちは厖大な数の万葉歌人群像のうち、この人にいたってはじめて、人間の生死にかかわる重大な関心事を知的に対象化してとらえ、哲学的と呼んでしかるべき態度で、それらの問題に対する何らかの答を提出しようとして格闘した詩人を持ったのではなかろうか、ということである。

人麻呂には、そのような態度で人生を相対化する視点はなかった。黒人や赤人にもなかった。憶良とは身分の上では下僚に対する長官という関係にあったものの、文雅の面ではむしろ憶良に多くの刺戟や教示さえ負っていたと考えられる大伴旅人にも、その子家持にも、そういう視点は乏しかった。もっとも旅人や家持には、淡い形ではそれが認められるといっていいけれども、憶良ほどに明確な人生相対化の意欲は、彼らにはたぶん無縁だっただろうと思われる。

このように書いてきて、私は少しばかり苦い思いにとらわれている。私にとっては、憶良はかつてどちらかといえば取っつきにくい詩人、その作品に対して情緒的に強く惹かれるものを必ずしも感じなかった詩人だったという反省が甦るからである。

大伴旅人や家持、また彼らをめぐって存在した大伴坂上郎女、沙弥満誓、笠女郎といった男女の歌人たち、また物語詩作者としての才能において抜きん出ていた高橋虫麻呂、悲恋の贈答歌で『万葉集』に異色の劇的・物語的要素を加えた狭野茅上娘子《さののちがみのおとめ》と中臣宅守《なかとみのやかもり》ら、いわゆる万葉第三期、第四期の著名な作者たちと較べてみた場合、憶良の作品は、少なくとも一つの点において際立っている。憶良は生活者としての彼自身あるいは他者をうたうとき、たえず次の問いを伴奏のように発しつづけたのだった。すなわち、「この世は生まれてくるに値いするものだったのか、この人生は生きるに値いするものか」。

思うに、私がかつて憶良に取っつきにくいものを感じたのは、彼のこのような人生糾問者的詠風に、『万葉集』の主流をなす情感流露の抒情詩群とはひどく異質のものを見てとったためだったろう。しかし、そこにこそ憶良の出現の意味があったことに気付いたとき、私の『万葉集』の読み方にもある種の変化が生じた。それこそまた、人麻呂という詩人が存在した意味を、一層よく照らし出してくれるものだったのである。

「貧窮問答歌」のような有名な作品はいうまでもない。たとえば次のような作品に見られる憶良が、私にはとりわけ興味ぶかい。この作は、彼にしばしば作例のある、他者になりかわって歌うスタイルのものである。この場合の他者とは、十八歳の若い身そらで行路病者となりあえなく死んだある実在の青年にほかならない。そのような若者の死という題材に関心を抱くこと自体、すでに憶良という詩人の個性を示しているということもいえる。

敬《つつし》みて(大伴君《おほとものきみ》)熊凝《くまこり》のためにその志を述ぶる歌〔大典麻田陽春の作としてこの憶良の作の直前におかれた二首をさす〕に和《こた》ふる六首　序を幷せたり

大伴君熊凝は、肥後国益城郡《ましきの》の人なり。年十八歳にして、天平三年六月十七日に、相撲使某国司《すまひのつかひそれのくにのつかさ》官位姓名の従人《ともびと》と為《な》り、京都《みやこ》に参向《まゐ》ふ。為天《てん》に幸あらず、路に在りて疾《やまひ》を獲《え》、即ち安芸《あき》国佐伯郡の高庭の駅家《うまや》にて身故《みまか》りぬ。臨終《みまか》らむとする時に、長嘆《なげ》息きて曰く、伝へ聞く、仮合《けがふ》の身は滅び易く、泡沫の命は駐《とど》め難しと。所以《ゆゑ》に千聖も已《すで》に去り、百賢も留らず。況《いは》むや凡愚の微《いや》しき者《ひと》、何《なに》ぞ能《よ》く逃れ避《さ》らむ。但《ただ》我が老いたる親並《とも》に庵室《いほり》に在《いま》す。我を待ちて日を過さば、おのづからに心を傷むる恨《うらみ》あらむ。我を望みて時に違《たが》はば、必ず明を喪《うしな》ふ泣《なげき》を致さむ。哀《かな》しきかも我が父、痛《いたま》しきかも我が母。一身死に向ふ途を患《うれ》へず、唯《ただ》し二親生《よ》に在す苦を悲しぶ。今日長《とこしなへ》に別れなば、いづれの世にか覲《まみ》ゆること得むといひき。乃《すなは》ち歌六首を作りて死《みまか》りぬ。其の歌に曰はく。

うち日さす　宮へ上《のぼ》ると
たらちしや　母が手離れ

常知らぬ　国の奥処《おくか》を
百重《ももへ》山《やま》　越えて過ぎ行き
何時《いつ》しかも　京師《みやこ》を見むと
思ひつつ　語らひ居れど
己《おの》が身し　労《いたは》しければ
玉桙《たまほこ》の　道の隈廻《くまみ》に
草手折《たを》り　柴取り敷きて
床《とこ》じもの　うち臥《こ》い伏して
思ひつつ　嘆き臥《ふ》せらく
国に在らば　父とり見まし
家に在らば　母とり見まし
世間《よのなか》は　かくのみならし
犬じもの　道に臥《ふ》してや
命過ぎなむ　巻五・八八六

この長歌のあとに五首の短歌がつくが、短歌の内容はすべてこの長歌の内容に重なり、それ以上にはほとんど出ないもので、長歌のための反歌としてはまことに見どころのないものだから省略する(その点でも、人麻呂の卓越性は際立っていたことを思わせられる)。さて、この「序」(漢文)の一部(「臨終《みまか》らむとする時に……何そ能く逃れ避《さ》らむ」)をとりあげてみる。

「臨終の時、長嘆息して云ふに、伝へ聞くところでは、地水火風の四大が仮に合して出来た人間の命は滅し易く、水の泡のやうな命はいつまでもとゞめるといふ事はむつかしい。それだからたくさんの聖人もはやく世を去り、多くの賢人もこの世に留まってはゐない。まして凡愚卑賤の者がこの無常といふ事から逃れることが出来ようか。」(澤瀉久孝『万葉集注釈』の口訳による)

思想内容としてはありきたりの無常観の表明にすぎないようにみえるが、これと同程度の内容を、万葉仮名で表記したヤマトウタでのべようとすると、なかなかもって難事だったただろう。漢文においては容易に許容される抽象的思弁性は、ヤマトウタにとっては水と油の関係に近かったからである。

次に、本体である長歌の口訳を、これも同じく澤瀉訳によってあげてみよう。

「朝廷へ参上するとて、母の手を離れて、平生は知らない国々の奥の方までも、幾重にもかさなる山を越えて過ぎ行き、いつか、早く都を見ようと思ひつゝ語つて居るが、自分のからだが大儀なので、道のすみつこに草を手折り、柴を採つて敷いて、床のやうにして横たはり伏して、伏しながら歎き思ふには、国にゐたらば父が看病して下さるだらう、家にゐたらば母が看病して下さるだらうに、世の中といふものはかうしたものなのであらう。犬のやうに道ばたに臥して命を終る事であらう。」

この作は、哀れ深い具象的描写をまじえて、死にゆく若者の心細さ、無念の思いをよく詠みこみえている。この歌は、ヤマトウタとそれを成り立たせるヤマトコトバが、抽象的思弁性の方へ向かうのにきわめて不得手である分だけ、その代償のようにして情緒的表現には哀れ深くもすぐれた効果を発揮するという事実を、あざやかに物語っているようである。漢文の序とヤマトウタの長歌との間には、その意味で、補い合う関係が生じているともいえる。

いずれにせよ、憶良はこの両方の表現手段にまたがって手綱さばきをみせることのできる、当時稀れなタイプの詩人だった。「人麻呂以後」の詩人と彼を呼ぶべき理由はそこにあった。

2 大伴一族の文学的達成の意味

このようなわけで、山上憶良の出現は、日本古代詩歌の中に、何らかの文学的感動をよびおこす詩的虚構の世界を意識的・自覚的に作りあげることをもって創作の根本的なモチーフとする、新しいタイプの詩人が出現したことを意味していた。

このような「創作」意識は、大宰府で憶良が部下として仕えた大伴旅人に伝染し、その周辺の官人たちにもひろがり、また旅人の異母妹たる女流詩人大伴坂上郎女や、旅人の長男(妾腹かとされる)で父に伴われて父の大宰府在任中(神亀五年—天平二年、七二八—七三〇)同地に十代前半の少年として滞在した大伴家持らにも、広く感化を及ぼしたものである。

旅人については以下に作品に即してそれを見るが、坂上郎女の場合をとってみても、天平二年末、旅人の帰京にともなって奈良に帰ってから本格化した彼女の作歌活動においては、右にのべたような意味での文学的創作意識の濃厚な作品が多く、それが彼女の際立った特徴になってさえいるのである。坂上郎女の作品は、長歌六首、短歌七十七首、旋頭歌《せどうか》一首の合計八十四首が『万葉集』に収められていて、女性ではもちろん最多、ほかに他人のために代作した歌もある。家持とは、太宰府で身近に生活したのをはじめ、彼女の長女、坂上大嬢《おおいらつめ》が家持の妻となった関係もあって密接だったから、『万葉集』自体の編纂に彼女が関与した可能性も十分考えられるという。そのような立場の女性として、社交的な生活もかなり広範囲に行っていた。そのため、相聞・挽歌・詠物歌・宴席での歌、あるいは人への献呈歌など、歌の種類も取材も広範囲にわたった。そしてそれらの作品で注目すべき点は、無名歌人の作に依拠して一種本歌取り的な手法で詠じた歌が少なくないこと、宴席での歌に機知と余裕を示すのびやかな歌が多く、彼女の大伴家一門の重鎮としての貫禄をおのずと物語っていること、また、その作品の多くを占める相聞歌《そうもんか》(恋愛の、また一般的な相聞の)には、必ずしも彼女の生活に密着しているわけではないある種の物語的な虚構性があることなどであって、これらはすべて、文学的な創作として歌というものを作ってゆく態度が、天平時代の歌人の中にはっきり生まれてきていることを物語る事象といわねばならない。

大伴家持はこのような父、このような叔母に接して成長した人である。父の旅人は、万葉歌人中有数の、生まれながらにして典雅なうたびとである人の一人だったし、その抒情的資質は十分に息子家持にも伝承されている。坂上郎女の場合についてみても——

坂上郎女の初月《みかづき》の歌一首

月立ちてただ三日月の眉根《まよね》掻《か》き日《け》長《なが》く恋ひし君に逢へるかも　巻六・九九三

大伴宿禰家持の初月《みかづき》の歌一首

振《ふり》仰《さ》けて若月《みかづき》見れば一目見し人の眉引《まよびき》思ほゆるかも　同・九九四

『万葉集』巻六に並べて掲げられているこの二首は、背後に教養豊かで詩才ある叔母が若い甥に対して作歌指導をする微笑《ほほえ》ましい姿さえ想像できるような、同一主題の二首で、おのずと大伴家の教養的基盤の根強さを思わせるものである。『万葉集』に収められた大伴家持の歌は、長歌四十六首、短歌(反歌を含む)四百三十一首、旋頭歌一首、連歌一首、合計四百七十九首で、もちろん個人作者としては『万葉集』中断然他を圧して多い。集の一割強が家持の作というわけである。とくに巻十七以下の四巻は、家持の歌日記的な巻々で、越中守として越中国府に赴任中の旺盛な作歌活動の実情をありありと伝えているため、きわめて興味深いものになっている。それらの作を通じて見ることのできる家持という天平歌人は、人麻呂や憶良を深く敬い、彼らの作品に謙虚に学ぶ一方で、漢文学からの栄養摂取も怠らず、生得のやや過敏とさえ思える繊細な感性をもって、蒼古たる人麻呂や意志的構成的な憶良の、いずれもがっしり築きあげられた作品世界の迫力には及ばないものの、傷つきやすい神経で衰運にある一族の長として生きねばならぬ悩みを底流させつつ、独自の抒情の世界をはっきりと作りあげ得た詩人であった。

彼の場合、歌を詠《よ》むことが現実生活の憂悶をはらすための最も切実で有効な道だという認識があったことは、あの有名な天平勝宝五年(七五三)二月二十三日(二首)と二十五日(一首)の三首の歌によって明らかである。

〔二月〕二十三日、興に依りて作る歌二首

春の野に霞たなびきうら悲しこの夕かげに鶯鳴くも　巻十九・四二九〇

わが屋戸のいささ群竹《むらたけ》吹く風の音のかそけきこの夕《ゆふべ》かも　同・四二九一

二十五日、作る歌一首

うらうらに照れる春日《はるび》に雲雀《ひばり》あがり情《こころ》悲しも独りしおもへば　同・四二九二

春日遅々《ちち》に、鶬鶊《うぐひす》正《まさ》に啼《な》く。悽惆《せいちう》の意、歌に非《あら》ずしては撥《はら》ひ難きのみ。よりてこの歌を作り、式《もち》て締緒《ていしよ》を展《の》ぶ。云々。

三首の歌はかつてはほとんど人の口にのぼらなかったもので、「三首がとくに注目され始めたのは大正十一年ごろと推測されよう。その最初の評者、つまり秀歌の発見者が誰であったのか、そしてその評言はどのように人々に受容されていったのかなど、詳細はさらに今後の調査に俟たなければならないが、（中略）久松（潜一）の（『万葉集の新研究』の大伴家持論における）言及がもっとも古いものかと考えられる」（稲岡耕二『万葉集』）とされているが、この「最初の評者」「発見者」は『万葉集選』（大正四―六年刊）の中でこの三首を「家持の特長の最もよくあらはれた歌」として鑑賞し、「気分に象《かたち》を与へた歌」で「写生の歌ではない」と明快に断じた窪田《くぼた》空穂《うつほ》であった（『窪田空穂全集』第二十五巻参照）。

このような批評的視点は近代歌人では窪田空穂、続いては折口信夫《おりくちしのぶ》らが新たに拓いた視点であった。根岸派によっていわゆる近代写生主義短歌の大道が開拓され、大正初期、中期の歌壇を制覇したあと、写生主義だけではとらえきれない心の微旨微動にじっと目をこらし、いのちの揺らぎの頂点としての心の内部の消息を歌う上記の歌人たちの仕事が、現代短歌の本質的に重要な推進力として浸透しはじめてくるのと軌を一にして、家持のこういう傾向の歌が大きくクローズアップされたことには、実に深い意味があったわけである。

それは、たかが三十一文字の歌がもっている力、一見きわめて儚《はかな》い気分をうたっただけのような微吟低唱の歌にこもっている永続的な魅力というものの発見にほかならなかった。言いかえると、歌を作るというささやかな日常の営みが、人の奥深い命の泉から湧きあがる必然のうながしであることが、このようにしてあらたに自覚され、批評的に再確認されたということである。

そしてこの場合、家持が四二九二番歌(これはまた巻十九の巻尾の歌でもある)につけた自註の中で、「悽惆の意、歌に非ずしては撥ひ難きのみ」(心傷む悲しみの気分は、歌によるい外にははらいのけることができない)と書いていることはまことに興味深いといわねばならない。彼は歌というものが心を解放する働きを、意識的・自覚的な立場においてはっきり認識していたわけである。言いかえれば、彼は歌を作ることを、自覚した創作家の立場において実践していた。

そういう心的傾向は、つまるところ彼が、山上憶良、大伴旅人、坂上郎女らのかもし出した「創作としての和歌文学」観を、一世代若い人間として、もはや当然のごとくに身につけて出発したということを意味していただろう。

『万葉集』という一大アンソロジーの編纂に決定的な働きをした人は、いうまでもなく大伴家持である。家持がそのような役割を担うことになったのは、以上のような背景を考え合わせれば、当然でもあり、むしろ必然だったと言わねばなるまい。

アンソロジーを編むということは、きわめて意識的で自覚的な行為である。その作業には、詩歌への博大な愛がなければならぬ。すぐれたものを、自らの好悪の情を抑えてでも、すぐれたものとして収集し、細心に配列する公平さがなければならぬ。その作業の前提として、彼は自らすぐれた批評家でなければならぬ。ただ自らの歌を詠むだけで能事了《おわ》れりとするのではなく、歌に対する反省的な省察力を持ち、一首の歌を他者の視線のもとに客観的にながめることのできる複眼の視線がなければならぬ。つまり、歌を、その虚構性に対する鋭い自覚も含めて、創作品としてながめる視野の広さを持っていなければならぬ。

家持はそのような詩人として、『万葉集』の成立に深く関わった。そして考えてみれば、憶良、旅人らはもちろんのこと、あの柿本人麻呂という大詩人自身、彼らに先んじてそのような立場をすでにとっていた人だったのである。『万葉集』の基礎史料の一つが「柿本朝臣人麻呂歌集」だったことの意味は、そこにあった。

このような立場、すなわち、歌というものを単に自然発生的な生命の発露としてとらえるだけでなく、「書かれたもの」として愛し、それらを配列し、あるいは批評して楽しむ立場は、家持の父旅人においてすでに明瞭に存在していた。それはまた、すでにのべたように、山上憶良の立場でもあった。そのことを理解するなら、私たちは『万葉集』が『古今集』以後の王朝の歌集と同じく、ヤマトの詩の知的伝統の最初期にどっしりと位置を占めていた偉大なアンソロジーだったことを知ることができるであろう。

3　梅花の宴の論

天平二年正月十三日、筑紫大宰府の長官である大伴旅人邸で、庭に咲いた梅を賞《め》でる観梅の宴が開かれた。招かれた客は、筑紫の国司や大宰府の職員たちで、筑前守山上大夫(憶良)も招かれた一人であった。この宴会は、主客あわせて三十二人、眼前の梅を題材に、おのおの喜びの心をもって歌一首ずつを詠み合ったもので、文雅のうたげとしては日本でも最も早いものの一つだった。その意味で、後世の歌合《うたあわせ》や連歌《れんが》の先駆形態といってもいいもので、大いに注目されている。もっとも、ここで漢詩まで含めて考えるなら、『懐風藻』にも天皇の作に唱和する「応詔」の詩はじめ、「侍宴」「遊覧」「曲水宴」「離宮従駕」あるいは新羅の賓客を歓迎する雅宴の詩などを収めているように、天皇や高位の貴族と、それを取りまく侍臣たちとの集団的な詩の制作はすでにかなり一般化していたと考えられるし、旅人自身、『懐風藻』に漢詩作品を残す詩人でもあったが、ヤマトウタの分野では、この時の梅花の宴が、いわば画期的な催しだったのである。

この宴の主客三十二人による三十二首の唱和は、巻五の八一五番から八四六番までを占めているが、この時の宴がよほど主人の旅人にとっては印象的かつ満足すべきものであったためであろう、後日さらに、「後に追ひて梅の歌に和《こた》ふる四首」（八四九—八五二）が、おそらくは旅人自身と考えられる作者によって付け加えられている。

さて、三十二首の梅花の歌には、漢文による「序」が付けられている。作者名はないが、大伴旅人説、山上憶良説、某官人説などがあるうち、大伴旅人と見るのが最も妥当と思われる。他にも理由はあるが、文辞の華やぎ一つをとってみても、山上憶良の他の文章と較べてみれば一目瞭然といっていいほど異質だからである。

天平二年正月十三日、帥老《そちのおきな》の宅《いへ》に集まり、宴会を申《の》ぶ。時に初春令月《れいげつ》、気淑《よ》く風和《やはら》ぎ、梅は鏡前の粉《ふん》を開き、蘭は珮後《はいご》の香《かう》を薫らす。加之《しかのみならず》、曙《あけぼの》の嶺《みね》に雲移り、松は羅《うすもの》を掛けて蓋《きぬがさ》を傾く。夕の岫《くき》に霧結び、鳥穀《うすもの》に封《こ》められて林に迷《まと》ふ。庭には舞ふ新しき蝶、空には帰る故《ふる》つ雁。ここに天を蓋《きぬがさ》にし、地を坐《しきゐ》にし、膝を促《ちかづ》け觴《さかづき》を飛ばす。言を一室のうちに忘れ、衿を煙霞の外に開き、淡然《たんぜん》として自《みずか》ら放《ほしきまま》に、快然として自ら足る。若《も》し翰苑《かんえん》にあらずは、何を以《も》ちてか情を攄《の》べむ。詩に落梅の篇《へん》を紀《しる》す。古今それ何ぞ異ならむ。宜《よろ》しく園の梅を賦《ふ》して、聊《いささ》か短詠を成すべし。

大意はおよそ次の通り。

「天平二年正月十三日、大宰帥の宅に集って宴を開いた。時は初春のよき月、気は澄んで快く、風はやわらか。梅は鏡の前の白粉のように白い花を咲かせ、蘭は匂い袋の香のように良い香りを発している。加えて、夜明けの峯に雲がかかり、松はその雲の薄絹をかけてまるで蓋《きぬがさ》を傾けているようだ。夕方の山の洞穴には霧が垂れこめ、鳥はその霧のうすものにとじこめられて林中にさまよっている。庭では新しい蝶が舞い、空には去年来た雁が北へ帰ってゆく。そこで天をきぬがさにし、地を座席とし、膝つき合わせて盃をにぎやかにかわす。一室に坐してはうっとりとして言葉も忘れ、煙霞の彼方に思いをはせて互いに胸襟を開く。淡々としておのずから各人気ままに振舞い、心楽しく満ちたりた思いでいる。もし文筆によるのでなければ、どうしてこのような情緒を述べることができよう。漢詩にも梅花の散るのを詠じた詩篇がある。昔も今も、いったい何の違いがあろうか。さあ、われらもよろしくこの園の梅を詠じて、いささか短い歌を作ることにしよう」

　このような序のあとに、三十二首の梅花の歌が並ぶわけだが、主催者の旅人は、おそらく自らこの序を朗々と読みあげてから、最上席の客たる大弐《だいに》紀卿《ききょう》以下三十一人に、次々に和歌を詠みあげさせたのだろう。この場合、歌はおそらく、後世の歌合の場合の通例に等しく、各人あらかじめ用意してきたものと思われる。当日その場で即席に作ったならもう少し全体の運びがスムーズに行っただろうと思われるような、一首から次の一首への移り行きに多少のぎごちなさがあるのが感じられるからである。歌に現れる主な素材は、梅の花――さかんに咲いている姿と、散りつつある姿との両方で詠まれていて、眼前の実景としては少々おかしい――、柳、鶯、そして酒盃である。

梅の花今咲ける如《ごと》散り過ぎずわが家《へ》の園《その》にありこせぬかも　巻五・八一六　小弐《しょうに》小《お》野《の》大夫《だいぶ》

春さればまづ咲く宿の梅の花独り見つつや春日暮《くら》さむ　同・八一六　筑前守山上大夫《つくしのみちのくちのかみやまのうえだいぶ》

青柳《あをやなぎ》梅との花を折りかざし飲みての後は散りぬともよし　同・八二一　笠沙弥《かさのさみ》

わが園に梅の花散るひさかたの天《あめ》より雪の流れ来るかも　同・八二二　主　人

はじめの方から数首を引けばこのようなものである。三十二首を通観してもはっきり言えることだが、「主人」すなわち大伴旅人の作が群を抜いていい。丈《たけ》の高さといい、清爽の気のみなぎるいさぎよさといい、旅人が生れついてのよきうたびとであることがわかる。それに対して憶良の歌は、何とも意気あがらぬ感じの歌である。春になるとまず咲くこの家の梅の花を、ただ一人で見ながら春の日を暮らすことであろうか、というのだ。

私は以前にも、先述の小論でこの歌の奇妙さについて書いたことがある。大勢集まって陽気に酒盛りをしているはずのその場の雰囲気に対しておよそ場違いのはずのこの歌は、いったいどのようなモチーフで作られているのか。

私の考えでは、この歌は憶良が今日の宴の主人である旅人の気持になり代って詠んだ歌である。由来、この歌のモチーフについてはいくつかの説があるが、私ははじめてこの梅花の歌三十二首を読んだ時以来、右のように考えている。

憶良には、旅人が長年連れ添った愛妻大伴郎女を神亀《じんき》五年のたぶん四、五月ごろに九州の地で喪《うしな》って悲嘆にくれていたとき旅人に上《たてまつ》った弔文《ちょうぶん》と漢詩、ならびに長歌「日本挽歌」

とその反歌五首の一連の力作があるが、この時の憶良の作品も、実は旅人に代って妻の死を嘆き悲しむ体裁のものである。どういうわけで彼がそのようなことを思いたったのか――彼がこれらの作を旅人に贈ったのは、旅人夫人の死から二、三カ月も経たと考えられる七月二十一日であるから、よほど念入りに弔文を推敲したあげくのことだったに違いない――、私にはよくわからない。ほとんどひけらかさんばかりに儒・仏の教養を全文にちりばめながら憶良が書いた弔文は、釈迦や維摩大士さえも逃れることのできない人生の苦悩とはかなさ、死の絶対性を前にした人間存在の卑小さに関する哲学的考察といったような性質のもので、最後に七言絶句の詩が来て全文をしめくくる形をとっている。この七言絶句は「妻の死によって愛欲の河の波浪も消え、世の苦悩もまたなくなった、もともとこの穢土《えど》を厭離する身である、願わくはかの仏の浄土にわが生を託したい」という、仏教的(法華経的)欣求浄土《ごんぐじょうど》思想をうたっているものだ。これに続いて、同じく旅人自身が妻の死を嘆くスタイルの長歌「日本挽歌」と反歌五首が置かれている。この反歌五首の中には、

妹が見し楝《あふち》の花は散りぬべしわが泣く涙いまだ干《ひ》なくに　巻五・七九八

という いい歌が一首含まれているが、この漢文の弔文・弔詩、和歌の長歌・反歌という一連の作品を憶良から上《たてまつ》られた肝心の旅人は、いったいどんな面《おも》持ちでこれを受けとったことだろう。それを想像すると、何とも複雑な気持になる。何しろ憶良は、大まじめで、妻をなくした旅人の気持になり代って歌うという形の、堂々たる弔問作品を仕上げてきたのである。旅人は、一面では鬱陶しく、うとましくさえある思いをいだいたろうが、他面、不思議な魅力をも、この七十歳になんなんとする謹厳実直の年上の男、微塵も風流っ気など持ちあわせていない筑前守殿に対して感じたのではなかろうか。

旅人本人はといえば、妻を喪なってまもない時に詠んだ次の有名な歌にも明らかなように、直情をもっておのれの悲嘆を詠いあげ、いささかの知的・哲学的苦悩も歌には投影しない人だった。

世の中は空《むな》しきものと知る時しいよよますます悲しかりけり　巻五・七九三

彼はさらに、亡妻への綿々たる追慕の思いを、太宰府にあっても、京へ帰る途上にも、さらに帰京後も、くり返し歌っていて、憶良がご親切にも「愛河の波浪はすでに滅《き》え　苦海の煩悩もまた結ぼほるといふことなし　従来《むかしより》この穢土《ゑど》を厭離《えんり》す　本願をもちて生を彼《そ》の浄刹《じやうさつ》に託《よ》せむ」と詠んでくれたような心境は、薬にしたくも持ちえなかったのだった。おそらく数歳程度憶良が年長であっただろうが、ほぼ同世代に属するこの二人の老詩人の、これほどにも鮮かな資質の違いは、それだけでも面白い観ものである。しかしまたそれゆえに一層、この二人が九州の地で、たぶん心にたえず反撥し合いながらも、よき刺戟を与え合っておのずと作りあげる結果になった新しい文学の世界は、古代詩歌史におけるまことに貴重な果実だったといわねばならない。

私が万葉歌人の中で、作風からして最も好ましく思うのは旅人である。そこで、せめて彼の亡妻挽歌ならびに望郷の歌だけでも、時間の順に従ってここに引いておきたいと思う。

愛《うつく》しき人の纏《ま》きてし敷栲《しきたへ》のわが手枕《たまくら》を纏《ま》く人あらめや　巻三・四三八

京《みやこ》なる荒れたる家にひとり寝《ね》ば旅に益《まさ》りて苦しかるべし　同・四四〇

沫雪《あわゆき》のほどろほどろに降り敷けば平城《なら》の京《みやこ》し思ほゆるかも　巻八・一六三九

吾妹子《わぎもこ》が見し鞆《とも》の浦のむろの木は常世《とこよ》にあれど見し人そなき　巻三・四四六

妹と来《こ》し敏馬《みぬめ》の崎を還《かへ》るさに独りして見れば涙ぐましも　同・四四九

往くさには二人わが見しこの崎を独り過ぐればこころ悲しも　同・四五〇
妹として二人作りしわが山斎《しま》は木高《こだか》く繁くなりにけるかも　同・四五二
吾妹子《わぎもこ》が植ゑし梅の樹見るごとにこころ咽《む》せつつ涙し流る　同・四五三
ここにありて筑紫や何処《いづく》白雲のたなびく山の方にしあるらし　巻四・五七四

さて、話題をもう一度梅花の宴における憶良の一首に戻すことにしよう。

憶良という人は、上述したような例でも知られるように、相手の立場になり代って歌を詠み詩を作ることを、なぜかは知らず、しばしば行った人であった。梅花の宴の折の歌も、私にはその一例だと思われる。それは憶良における挨拶の文芸といったようなものだったのではないか。少なくとも彼は、そのような形で、この記念すべき宴会を開くことを思いたった主人旅人への、彼流の心をこめた挨拶を送ったのではないかと私には思われる。

そこでもう一方の大伴旅人のことになる。彼がこの宴の出席者の一人筑前守山上憶良に対してどのような観察を下していたか、それはそのものとして興味ある問題だが、もっと重要な課題がこの時の旅人の心には横たわっていた。それを語っているのは、先に全文を引いたあの「序」である。

旅人はこの序文において、北九州のいかにもなごやかにうるわしい春景色を叙しつつ、その風景の中で花鳥とともに心を舞わせ、酒盃を交わしつつ団欒《だんらん》するこのつかのまの貴重な歓楽の一刻を、ただ流れ去るにまかせてよいものだろうかと問うているのである。すなわち、「言を一室のうちに忘れ、衿を煙霞の外に開き、淡然として自ら放《ほしきまま》に、快然として自ら足る。若《も》し翰苑にあらずは、何を以《も》ちてか情を攄《の》べむ」と。

ここに「翰苑」というのは、文苑・詩壇を意味する文筆の苑のことで、ここでは文筆、詩歌文章の類を指している。すなわち、旅人がこの日梅花の宴を主催した肝心の目的がここにあった。この日の宴会では、梅の花を賞美することはもちろんのこととして、彼が最も期待をかけていたのは、じつはこの「翰苑」の実現だったのである。「詩に落梅の篇を紀す。古今それ何ぞ異ならむ。宜しく園梅を賦して、聊《いささ》か短詠を成すべし」という、出席者全員に対するよびかけの中には、中国六朝時代の詩に多く作例のある梅花の詩に対して、その向こうを張って本朝最初の梅花の「翰苑」を作りあげてやろうという文学的野心がこもっていたのだった。

憶良の歌は、旅人のそういう企てに対する、「私にはよくその気持がわかりますよ」という軽いウィンクだったように、私には思われるのである。二人がどれほど資質において異なっていようとも、彼らは互いに互いを必要としていたと私が思うのもそのためである。

旅人がこの日の催しにいかに大きな満足感を得たかということは、さきにもふれたように、この宴会のあと、「後に追ひて梅の歌に和《こた》ふる四首」なるものが作られ、『万葉集』に収録までされたという事実によっても、十分証明できるのである。この四首の作者については議論もあるが、大方の説は大伴旅人作ということになっている。それが自然だと思う。この四首の最後は異色のもので、次の通り。

梅の花夢《いめ》に語らく風流《みや》びたる花と我《あれ》思ふ酒に浮《うか》べこそ　巻五・八五二

梅の花が夢に出てきて、「私は風雅な花だと思いますよ、どうか酒に浮かべて下さい」と言ったというのである。これは、梅花の宴を開いた理由を、夢に出てきた梅の言葉によって説明したと見てもいいもので、作者は当然旅人でなければならないわけである。宴果てて、後日こんな歌まで作るほど、旅人は上機嫌だったのである。

いずれにせよ、天平二年正月十三日という日に、大宰帥大伴旅人が開催した梅花を賞でる宴会は、ヤマトウタの作者たちによる最初の、意識的に招集され、実施された文学的集会だったのである。

それは、歌というものを、単に自発的にうたわれる個体それぞれの愛情の表現や悲哀の吐露としてではなく、同心の者たち、すなわち後世の俳諧師の言う「連衆《れんじゅ》」の間で披露され、鑑賞され、批評され、一同の心を喜びとともに高揚させ、結局のところ一層強い心の絆で結びつけ合う効能を持つところの、まことに貴重な言葉の懸け橋として愛し、いつくしむ和歌観、ひいては言語観の成立を物語るできごとだったのである。

旅人が『遊仙窟』その他に刺戟を受け、仙女らと一蓬客（旅人《たびびと》、作者自身を擬す）の川辺での出逢いを、漢文の序と一連の歌とでロマネスクに物語った「松浦川に遊ぶ」という作品（八五三―八六三）を作ったのも、このような精神的背景あればこそのことだった。

言語は独立したそれ自身の価値を有し、人はそれに基づいて虚構の世界に自由に出入りすることもできる。これが、大伴旅人、山上憶良の二人の老詩人によって当時実践的に見出された新しい文学上の認識だったのである。

4　貧窮問答の論

ここでいよいよ山上憶良の代表作として名高い「貧窮問答の歌」を取りあげることになる。この作は、長歌一首、反歌一首から成っている。制作年代は、これの末尾に「山上憶良頓首謹上」とだけ記してあって筑前守という肩書のないことから、太宰府から再び京へ帰ったあとの、つまり七十歳を過ぎたころの作品だろうと考えられる。「頓首謹上」とあるため、身分の高い貴族に献《たてまつ》ったものとみられるが、作品の内容に、当時の律令社会の末端組織における里長《さとおさ》の苛斂誅求《かれんちゅうきゅう》ぶりへののろいと批判があるところからすると、いかに一私人にかえった元官吏の気楽な立場での作かもしれないとはいえ、やはりはばかる所はあったと見る方が自然である。歌を献呈された相手は、思い切ってそれを言ってもいいような人物であったはずである。その点で、窪田空穂がこの相手を「大伴旅人だったろうと思われる」と推定しているのは鋭い見方である。「旅人にはしばしば、その作を示しており、他にはそうした相手はなかったようだからである。当時の政治状態に対して憤るところあっての訴えで、文雅のためのものではなかったろうと思われる」(『万葉秀歌 長歌』)

この作品は前後二段に分けて構成されている。つまり問答体である。問答しているのは、当時の社会においてはまず平均的な民の生活を営んでいたと思われる普通の貧窮者と、どういうわけかひどい窮乏状態にあって、「おれだって同じ人間だ。それなのになんでこんなにひどい生活の中で這いずりまわり、あまつさえ苛酷な取りたてで苦しめられねばならぬのか」と怨嗟《えんさ》の声をあげている極度の貧窮者である。

元来、問答体の形式は、「記紀歌謡」にもいくつもあるように、男女相聞の歌の世界ではごく当り前の形式だった。『万葉集』でも、旋頭歌や「柿本人麻呂歌集」の歌その他に、この歌体はたくさん見られる。だが、憶良のこの作には大きな特徴があった。また窪田空穂を引くが——

「第三者の立場に立ってそれ〔問答〕を叙するということは先例の見えないもので、これは憶良の創意と言える。ことに『貧窮』というものを題材としたことは、全く憶良の創意で、ここに憶良の面目がある」(『万葉集評釈』)

この点を、私が本書で論じてきた文脈に置き直して言うならば、憶良はこの深刻な内容を主題とする作品を、「創意」にみちた虚構の作品として作りあげたのだということである。逆に言えば、憶良は虚構の作品として「貧窮問答歌」を構想することによって、はじめて、天平時代の民の、決して特殊な例ではないところの、極貧の生活の実情を、これほどまでに精細に作品化することができたのである。

別の言い方をすると、「貧窮問答歌」を特徴づけているリアリズムは、根本において虚構の作品としてこれが構想されたからこそ実現されたのだった。もしこれが、憶良自身の生活の描写という範囲に限定されていたならば、このような徹底した貧窮生活の描写がある作品は、ついに誕生しえなかったはずである。

こういう観点からすれば、九州太宰府において数年前に出現した、旅人・憶良を中心とする文学創作集団のさまざまな試みは、「貧窮問答歌」においてその究極的な一成果をもつにいたったということが言えるだろう。対照的なもう一つの成果が、さきにもふれた旅人の「松浦川に遊ぶ」の連作だったと言っていい。

つまり、「貧窮問答歌」と「松浦川」一連とは、表面的には何から何まで対極的でありながら、実は共通の文芸創作意識の、必至やむを得ざる展開の結果として誕生した、二つの極限的作品だったのである。これが私の考える『万葉集』の、いわば最終段階におけるめざましい事実であった。ここまで来れば、すでに『古今集』や『土佐日記』、『伊勢物語』や『竹取物語』などの世界は指呼《しこ》の間《かん》にあると言ってよい。「創作」ということを明確に意識して作られる和歌は、一方では批評に、他方では物語に、その裾野をひろげていって、新しい文学形式を必然的に産み出すのである。『万葉集』は、そういう芽を、すでにこのような形でそれ自身の中に孕んでいた。大伴旅人や山上憶良が、一時期でも九州の地において共に生きる機会を得たという偶然、それに後世は感謝しなければなるまい。しかも彼らは、旅人が六十代半ば、憶良は七十前後という、当時としてはいちじるしい老境になってから、このような、必ずしも本人たちには嬉しくなかったはずの赴任生活をする羽目に立ちいたったのだった。その無聊《ぶりょう》を慰める上で必要だった文芸に遊ぶ生活が、結果的には今言ったような大きな意味をもつものになったことは、これこそ彼らの、また大伴家持の「詩と真実」にひそむ大いなるアイロニーであり、歴史が時に演じてみせる味《あじ》な計らいというものであった。

貧窮問答の歌一首　短歌を幷せたり

風雑《まじ》へ　雨降る夜《よ》の
雨雑《まじ》へ　雪降る夜《よ》は
術《すべ》もなく　寒くしあれば
堅塩《かたしほ》を　取りつづしろひ
糟湯酒《かすゆざけ》　うち啜《すす》ろひて
咳《しはぶ》かひ　鼻びしびしに

しかとあらぬ　鬚《ひげ》かき撫でて
我《あれ》を除《お》きて　人は在らじと
誇ろへど　寒くしあれば
麻衾《あさぶすま》　引き被《かがふ》り
布肩衣《ぬのかたぎぬ》　有りのことごと
服《き》襲《そ》へども　寒き夜すらを
我《われ》よりも　貧しき人の
父母は　飢ゑ寒《こご》ゆらむ
妻子《めこ》どもは　吟《によ》び泣くらむ
　此の時は　如何《いか》にしつつか
　汝が世は渡る

天地《あめつち》は　広しといへど
吾《あ》が為は　狭《さ》くやなりぬる
日《ひ》月《つき》は　明《あか》しといへど

吾《あ》が為は　照りや給はぬ
人皆か　吾《あれ》のみや然る
わくらばに　人とはあるを
人並《ひとなみ》に　吾《あれ》も作るを
綿も無き　布肩衣《ぬのかたぎぬ》の
海松《みる》の如《ごと》　わわけさがれる
襤褸《かかふ》のみ　肩にうち懸《か》け
伏廬《ふせいほ》の　曲廬《まげいほ》の内に
直土《ひたつち》に　藁解き敷きて
父母は　枕の方《かた》に
妻子《めこ》どもは　足《あと》の方《かた》に
囲《かく》み居て　憂へ吟《さまよ》ひ
竈《かまど》には　火気《ほけ》ふき立てず
甑《こしき》には　蜘蛛《くも》の巣懸《か》きて
飯炊《いひかし》ぐ　事も忘れて

鵼鳥《ぬえどり》の　呻吟《のどよ》ひ居《を》るに
いとのきて　短き物を
端截《はしき》ると　云へるが如く
楚《しもと》　取《と》る　里長《さとをさ》が声は
寝屋戸まで　来立ち呼ばひぬ
斯《か》くばかり　術《すべ》無きものか
世間《よのなか》の道　巻五・八九二

世間《よのなか》を憂《う》しと恥《やさ》しと思へども飛び立ちかねつ鳥にしあらねば　同・八九三

長歌試訳。

風までまじえて雨が降る夜だぜ
雨まじりに雪が降る夜だぜ
どうしようもなく寒いから

堅塩《かたしお》をかじりかじり
糟湯酒《かすゆざけ》すすりすすり
咳こんこん　鼻びしびし
あるか無きかのあごひげを撫で
「おれさまをおいてほかのどこに
人物らしい人物なんているものかい」
自慢してはみるものの
まったく寒くてたまらんわい
麻の夜具をひっかぶり
袖無しの着物ありったけ
着かさねてみても　寒い夜だよ
おれよりも貧しい男よ　お前さんの
両親は飢えてこごえているだろう
女房子どもは声もうつろに泣いてるだろう
　こんなざまの時　お前さん

どうやって世を過ごしているのだ
天地《あめつち》は広いと　人はいうが
おれのためにはこんなにも狭いものか
日や月は明るいというが
おれのためにはこれっぱかりも
照っちゃあくれぬか
世間の人はだれでもこんなか
それともこれはおれだけか
たまたま人に生まれてきたというのに
人並みに田も耕しているというのに
綿もない袖無し服を
海藻そっくりずるんと垂らし
ぼろきればかり肩に打ちかけ
地にうずくまる低い小屋の

かしいでいる小屋の中に
藁をほぐしてじかに敷いて
親父やおふくろ　枕の方に
女房子どもは　足の方に
このおれを囲んで暮らし
憂れえて呻《うめ》き
かまどには煙も立てず
蒸籠《せいろ》には蜘蛛《くも》が巣を張り
飯ってものを炊《た》くさえ忘れ
ぬえ鳥《どり》そっくり力無く呻いているのに
短いもののはじっこを
さらに短く切るという諺の通り
笞《むち》を手に　里長《さとおさ》は
寝屋の戸口まで　やってきて
租税を納めろ　納めろとわめく

こんなにもどうしようもないものなのか
世の中の道は

反歌試訳。

この世の中は
憂さのきわみ
痩せ細る思いのきわみ
それでも飛び立つことはできぬ
おれは鳥ではないのだもの

あとがき

今までにも多少は書き下ろしの本を書いた経験があるが、今度の『万葉集』ほど時間のかかった本は一度もなかった。理由はいくつかある。この集がきわめて多様な内容のアンソロジーであること、また一千二百年以上を経た現在でも、おそらく年間に百冊あるいは二百冊をも超えるかもしれないほどの割合で、新しい万葉研究書や鑑賞書が刊行されつづけているという、異例中の異例の古典であること――世界のどの国、どの民族が、このような形で現代に生きている古代の書物をもっているだろうか、実に奇怪といってもいいことなのである、これは――また私自身が、万葉の中から好きな歌を拾い出せといわれれば、たちまち数百の、時代も異なれば作者も異なる数多くの歌をかかえこんでしまって、身動きがとれなくなるだろうという実感に、たえず圧倒されてしまうこと、等々。

この本はそういうことから生じる困惑の思いを、書きながら徐々に整理してゆくことによって、ようやく形を成すにいたったものである。

少年期からの万葉体験はいうには及ばない、尊敬する数多くの先人、また同時代の人々の書いた、それぞれが心血を注いだ仕事の成果である万葉研究の、まさに厖大な蓄積があることを知りつつ、ここにさらに一冊の万葉論を加えることの意味を、私は本書執筆が決まった時以来、すでに何年にもわたって考えつづけてきた。それにしてはすべてにおいて飽き足らない。しかしこれにはこれで、少なくとも私ひとりの思いこみでは、多少とも出版する意味のある内容も含まれているはずである。それがなければ、私ごとき一介の現代詩詩人が、あえて万葉を論じる意味などひとつもなかろう。

私はこの本で、万葉の歌を読み解く面白さ——それはまことに面白いものである——が、決して遠い過去の一時代の特殊な詩歌の解読程度にとどまるものではなく、現代人のごく現代的な日常生活にとってもいろいろな点で深く通じ合うところのある、ひろびろとした言語世界の解読の面白さであるということを書いてみたかった。一言でいえば、万葉の普遍的な面白さを、私なりの仕方で摘出し、指摘してみたかった。

そしてそのことは、もう一つの問題とも重なり合う。つまり、私はこの本で、現代の文芸批評というものが、『万葉集』という巨大な、そして多様性そのものである対象を相手にする時、最低限どのような形でこれを論じたならば、現代の批評文学として読むに堪えるものが書けるだろうか、という問いに、たえず直面しつづけたのだった。

考えてみれば、私が、父親の蔵書の中から抜き出して青年時代から愛読してきた窪田空穂による『万葉集評釈』をはじめ、斎藤茂吉、折口信夫ら、歌人・歌学者による万葉評釈は、それぞれがみごとな成果をあげているし、また土岐善麿がかつて昭和初期に編んだ『作者別万葉全集』同じく『万葉集以後』(いずれも改造文庫)も、まことに有意義なくわだてだった。彼らの歌人としての体験が、万葉理解にきわめて有益に働いていたのである。

しかし、近代以後のいわゆる自由詩の詩人たちを考えてみると、評釈の仕事はいわずもがな、万葉論の分野においてさえ、意外なほどまとまった著作がないことに気づく。私のこの本はその意味ではむしろ珍しいものに属するかもしれない。現代詩人にも万葉愛読者の数は多いはずだから、これは少々不思議なことだったといえるだろう。

そういうことも頭の一方にあった。いずれにせよ、私がここで書こうとしたものは、現代詩の作者として万葉を論じればどのような点に特に注意が向くか、という側面をも、必然的に持つことになった。

その上で、今のべたように、現代の批評文学として万葉論を成立させるにはどのような観点から、どのような掘りおこし方でこの古代詞華集を解読することが必要か、という所に私の関心は主として注がれた。

そのようにしてみると、柿本人麻呂の巨大さにあらためて感嘆する結果になったし、山上憶良、大伴旅人、同じく家持の文学的創造が、いかに人麻呂以後の必然的課題をになうものだったかも明らかになるように思われた。

「万葉」対「古今」という一般に甚だ通りのいい対立図式が、いかに根拠薄弱なものであるかということも、あらためて痛感した。それは裏返せば、歴史の中での詩的・文学的伝統の持続性を、私のやり方で再確認することでもあった。私としては、かつて『紀貫之』(筑摩書房)を書いて以来十五年の後に、あいだにいくつかの古典詩歌論を挟んでようやく『万葉集』にまで達し得たことに多少の感慨をおぼえる。

上述のような意図のもとに書いた結果、私は本書で、きわめて多くの歌人たちの作を完全に無視することになった。断腸の思いで、何人もの女性のすばらしい恋歌を省いたし、愛してやまない東歌《あずまうた》をも鑑賞しそこねた。「柿本人麻呂歌集」は論じたが、その中の旋頭歌の秀作にはふれ得なかったし、同じく面白い歌の多い「古歌集」よりの歌も、省略せざるをえなかった。それらのかなりの数のものは、実をいえば『折々のうた』(岩波新書)で取りあげている。こんなことは言う筋合ではないが、本書の読者でもし万葉の他の歌にも興味を感じるという方があったら、『折々のうた』をのぞいていただけると嬉しい。

使用テクストは主として岩波の日本古典文学大系本によったが、他の諸種のテクストも随時参照した。本書執筆に当って学恩を蒙った書物は、多すぎてここに列挙することさえできない。私はただただ、それらの学恩に感謝するとともに、本書に大きな過ちがないことを祈るのみである。

長いあいだじっと仕上がりを待って辛抱してくださった編集部に感謝する。

一九八五年春

大岡　信

岩波現代文庫版あとがき

この本の原書が出たのは、今数えてみますと二十二年前のことでした。まさに光陰矢の如しの思いを深くしています。思い返すまでもないことですが、日本人が古代の遺産として『万葉集』を持っているということの有難さは、どれほど強調しても言い足りないほどのことであろうと思います。自分一個の生きてきた短かい歳月の中でも、小学生として親に与えられた少国民のための『万葉集』のような本から始めて、少しずつ年相応の本を読むようになるにつれ、『万葉集』についての本もふえてきて、私の場合には『私の万葉集』（講談社現代新書）なる新書版五冊の本まで書いてしまうことになったのですから、『万葉集』は片時も自分の座右から離すことのできないものとなったのでした。

この本の前身である同時代ライブラリー版の「あとがき」でも書いたことですが、「この本は単なる古典解説書でも古典崇拝主義者による古典讃美の本でもありません。今生きている私たちにとって、『万葉集』を読むことが、どれほど身近なものでありうるかということを、実際の作品を読むことを通じて考えようとするものです」、というのが、執筆した者としての私が言いうるすべてなのでした。

『万葉集』を論じようとすれば、採りあげるべき歌、語るべきエピソードや触れるべき生死の物語はあまりにも多く、簡単にすますことはできません。それを何とかやってみようと志して、今諸者諸賢のごらんになっている本を作りあげた次第でした。

このささやかな志が、いささかなりと達せられていることを、心から願っています。

二〇〇七年八月

大　岡　信

本書は一九八五年四月、岩波書店より刊行された。

古典を読む 万葉集

2007年9月14日 第1刷発行
2019年4月24日 第4刷発行

著 者 大《おお》岡《おか》 信《まこと》

発行者 岡本 厚

発行所 株式会社 岩波書店
〒101-8002 東京都千代田区一ツ橋 2-5-5

案内 03-5210-4000 営業部 03-5210-4111
現代文庫編集部 03-5210-4136
https://www.iwanami.co.jp/

印刷・精興社 製本・中永製本

ISBN 978-4-00-602127-6 Printed in Japan

岩波現代文庫の発足に際して

新しい世紀が目前に迫っている。しかし二〇世紀は、戦争、貧困、差別と抑圧、民族間の憎悪等に対して本質的な解決策を見いだすことができなかったばかりか、文明の名による自然破壊は人類の存続を脅かすまでに拡大した。一方、第二次大戦後より半世紀余の間、ひたすら追い求めてきた物質的豊かさが必ずしも真の幸福に直結せず、むしろ社会のありかたを歪め、人間精神の荒廃をもたらすという逆説を、われわれは人類史上はじめて痛切に体験した。

それゆえ先人たちが第二次世界大戦後の諸問題といかに取り組み、思考し、解決を模索したかの軌跡を読みとくことは、今日の緊急の課題であるにとどまらず、将来にわたって必須の知的営為となるはずである。幸いわれわれの前には、この時代の様ざまな葛藤から生まれた、人文、社会、自然諸科学をはじめ、文学作品、ヒューマン・ドキュメントにいたる広範な分野のすぐれた成果の蓄積が存在する。

岩波現代文庫は、これらの学問的、文芸的な達成を、日本人の思索に切実な影響を与えた諸外国の著作とともに、厳選して収録し、次代に手渡していこうという目的をもって発刊される。いまや、次々に生起する大小の悲喜劇に対してわれわれは傍観者であることは許されない。一人ひとりが生活と思想を再構築すべき時である。

岩波現代文庫は、戦後日本人の知的自叙伝ともいうべき書物群であり、現状に甘んずることなく困難な事態に正対して、持続的に思考し、未来を拓こうとする同時代人の糧となるであろう。

（二〇〇〇年一月）

B260
ファンタジーと言葉
アーシュラ・K・ル＝グウィン
青木由紀子訳

〈ゲド戦記〉シリーズでファン層を大きく広げたル＝グウィンのエッセイ集。ウィットに富んだ文章でファンタジーを紡ぐ言葉について語る。

B261-262
現代語訳 平家物語(上・下)
尾崎士郎訳

平家一族の全盛から、滅亡に至るまでを描いた軍記物語の代表作。日本人に愛読されてきた国民的叙事詩を、文豪尾崎士郎の名訳で味わう。〈解説〉板坂耀子

B263-264
風にそよぐ葦(上・下)
石川達三

「君のような雑誌社は片っぱしからぶっ潰すぞ」——。新評論社社長・葦沢悠平とその家族の苦難を描き、戦中から戦後の言論の裏面史を暴いた社会小説の大作。〈解説〉井出孫六

B265
坂東三津五郎 歌舞伎の愉しみ
坂東三津五郎
長谷部浩編

世話物・時代物の観かた、踊りの魅力など、俳優の視点から歌舞伎鑑賞の「ツボ」を伝授。知的で洗練された語り口で芸の真髄を解明。

B266
坂東三津五郎 踊りの愉しみ
坂東三津五郎
長谷部浩編

踊りをもっと深く味わっていただきたい——そんな思いを込め、坂東三津五郎が踊りの全てをたっぷり語ります。格好の鑑賞の手引き。

2019.4

B267
世代を超えて語り継ぎたい戦争文学
澤地久枝
佐高　信

『人間の條件』や『俘虜記』など、戦争と向き合い、その苦しみの中から生み出された作品たち。今こそ伝えたい「戦争文学案内」。

B268
だれでもない庭
—エンデが遺した物語集—
ミヒャエル・エンデ
ロマン・ホッケ編
田村都志夫訳

『モモ』から『はてしない物語』への橋渡しとなる表題作のほか、短編小説、詩、戯曲、手紙など魅力溢れる多彩な作品群を収録。自筆の挿絵多数。

B269
現代語訳 好色一代男
吉井　勇

愛欲の追求に生きた男、世之介の一代を描いた西鶴の代表作。国民に愛読されてきた近世文学の大古典を、文豪の現代語訳で味わう。〈解説〉持田叙子

B270
読む力・聴く力
河合隼雄
立花　隆
谷川俊太郎

「読むこと」「聴くこと」は、人間の生き方にどのように関わっているのか。臨床心理・ノンフィクション・詩それぞれの分野の第一人者が問い直す。

B271
時　間
堀田善衞

人倫の崩壊した時間のなかで人は何ができるのか。南京事件を中国人知識人の視点から手記のかたちで語る、戦後文学の金字塔。〈解説〉辺見　庸

2019.4

岩波現代文庫［文芸］

B272
芥川龍之介の世界
中村真一郎

芥川文学を論じた数多くの研究書の中で、中村真一郎の評論は、傑出した成果であり、最良の入門書である。〈解説〉石割 透

B273-274
法服の王国
小説 裁判官（上・下）
黒木 亮

これまで金融機関や商社での勤務経験を生かしてベストセラー経済小説を発表してきた著者が新たに挑んだ社会派巨編・司法内幕小説。〈解説〉梶村太市

B275
惜《せき》櫟《れき》荘《そう》だより
佐伯泰英

近代数寄屋の名建築、熱海・惜櫟荘が、新しい「番人」の手で見事に蘇るまでの解体・修復過程を綴る、著者初の随筆。文庫版新稿「芳名録余滴」を収載。

B276
チェロと宮沢賢治
―ゴーシュ余聞―
横田庄一郎

「セロ弾きのゴーシュ」は、音楽好きであった賢治の代表作。楽器チェロと賢治の関わりを探ることで、賢治文学の新たな魅力に迫る。〈解説〉福島義雄

B277
心に緑の種をまく
―絵本のたのしみ―
渡辺茂男

児童書の翻訳や創作で知られる著者が、自らの子育て体験とともに読者に語りかけるように綴った、子どもと読みたい不朽の名作絵本45冊の魅力。図版多数。〈付記〉渡辺鉄太

2019.4

B278
ラーニャ
伊藤比呂美

あたしは離婚して子連れで日本の家を出た。心は二つ、身は一つ…。活躍し続ける詩人の傑作小説集。単行本未収録の幻の中編も収録。

B279
漱石を読みなおす
小森陽一

戦争の続く時代にあって、人間の「個性」にこだわった漱石。その生涯と諸作品を現代の視点からたどりなおし、新たな読み方を切り開く。

B280
石原吉郎セレクション
柴崎聰編

石原吉郎は、シベリアでの極限下の体験を硬質にして静謐な言葉で語り続けた。テーマ別に随想を精選、詩人の核心に迫る散文集。

B281
われらが背きし者
ジョン・ル・カレ
上岡伸雄
上杉隼人訳

恋人たちの一度きりの豪奢なバカンスがマフィアの取引の場に! 政治と金、愛と信頼を賭けた壮大なフェア・プレイを、サスペンス小説の巨匠ル・カレが描く。〈解説〉池上冬樹

B282
児童文学論
リリアン・H・スミス
石井桃子
瀬田貞二
渡辺茂男訳

子どものためによい本を選び出す基準とは何か。児童文学研究のバイブルといわれる名著が、いま文庫版で甦る。〈解説〉斎藤惇夫

2019.4

岩波現代文庫［文芸］

B283
漱石全集物語
矢口進也

なぜこのように多種多様な全集が刊行されたのか。漱石独特の言葉遣いの校訂、出版権をめぐる争いなど、一〇〇年の出版史を語る。〈解説〉柴野京子

B284
美は乱調にあり　―伊藤野枝と大杉栄―
瀬戸内寂聴

伊藤野枝を世に知らしめた伝記小説の傑作が、文庫版で蘇る。辻潤、平塚らいてう、そして大杉栄との出会い。恋に燃え、闘った、新しい女の人生。

B285-286
諧調は偽りなり（上・下）　―伊藤野枝と大杉栄―
瀬戸内寂聴

アナーキスト大杉栄と伊藤野枝。二人の生と闘いの軌跡を、彼らをめぐる人々のその後とともに描く、大型評伝小説。下巻に栗原康氏との解説対談を収録。

B287-289
口訳万葉集（上・中・下）
折口信夫

生誕一三〇年を迎える文豪による『万葉集』の口述での現代語訳。全編に若さと才気が溢れている。〈解説〉持田叙子(上)、安藤礼二(中)、夏石番矢(下)

B290
花のようなひと
佐藤正午
牛尾篤画

日々の暮らしの中で揺れ動く一瞬の心象風景を〝恋愛小説の名手〟が鮮やかに描き出す。秀作「幼なじみ」を併録。〈解説〉桂川　潤

2019.4

B291
中国文学の愉しき世界
井波律子

烈々たる気概に満ちた奇人・達人の群像、壮大にして華麗な中国的物語幻想の世界! 中国文学の魅力をわかりやすく解き明かす第一人者のエッセイ集。

B292
英語のセンスを磨く
―英文快読への誘い―
行方昭夫

「なんとなく意味はわかる」では読めたことにはなりません。選りすぐりの課題文の楽しく懇切な解読を通じて、本物の英語のセンスを磨く本。

B293
夜長姫と耳男
近藤ようこ漫画
坂口安吾原作

長者の一粒種として慈しまれる夜長姫。美しく、無邪気な夜長姫の笑顔に魅入られた耳男は、次第に残酷な運命に巻き込まれていく。
〔カラー6頁〕

B294
桜の森の満開の下
近藤ようこ漫画
坂口安吾原作

鈴鹿の山の山賊が出会った美しい女。山賊は女の望むままに殺戮を繰り返す。虚しさの果てに、満開の桜の下で山賊が見たものとは。
〔カラー6頁〕

B295
中国名言集 一日一言
井波律子

悠久の歴史の中に煌めく三六六の名言を精選し、一年各日に配して味わい深い解説を添える。毎日一頁ずつ楽しめる、日々の暮らしを彩る一冊。

2019. 4

岩波現代文庫［文芸］

B296
三国志名言集
井波律子

波瀾万丈の物語を彩る名言・名句・名場面の数々。調子の高さ、響きの楽しさに、思わず声に出して読みたくなる！　情景を彷彿させせる挿絵も多数。

B297
中国名詩集
井波律子

前漢の高祖劉邦から毛沢東まで、選び抜かれた珠玉の名詩百三十七首。人が生きることの哀歓を深く響かせ、胸をうつ。

B298
海うそ
梨木香歩

決定的な何かが過ぎ去ったあとの、沈黙する光景の中にいたい――。いくつもの喪失を越えて、秋野が辿り着いた真実とは。〈解説〉山内志朗

B299
無冠の父
阿久悠

舞台は戦中戦後の淡路島。「生涯巡査」の父をモデルに著者が遺した珠玉の物語が文庫に。父親とは、家族とは？〈解説〉長嶋有

B300
実践 英語のセンスを磨く
―難解な作品を読破する―
行方昭夫

難解で知られるジェイムズの短篇を丸ごと解説し、読みこなすのを助けます。最後まで読めば、今後はどんな英文でも自信を持って臨めるはず。

岩波現代文庫[文芸]

B301-302

またの名をグレイス(上・下)

マーガレット・アトウッド
佐藤アヤ子訳

十九世紀カナダで実際に起きた殺人事件を素材に、巧みな心理描写を織りこみながら人間存在の根源を問いかける。ノーベル文学賞候補とも言われるアトウッドの傑作。

B303

塩を食う女たち
聞書・北米の黒人女性

藤本和子

アフリカから連れてこられた黒人女性たちは、いかにして狂気に満ちたアメリカ社会を生きのびたのか。著者が美しい日本語で紡ぐ女たちの歴史的体験。〈解説〉池澤夏樹

B304

余白の春
―金子文子―

瀬戸内寂聴

無籍者、虐待、貧困――過酷な境遇にあって自らの生を全力で生きた金子文子。獄中で自殺するまでの二十三年の生涯を、実地の取材と資料を織り交ぜ描く、不朽の伝記小説。

B305

この人から受け継ぐもの

井上ひさし

著者が深く関心を寄せた吉野作造、宮沢賢治、丸山眞男、チェーホフをめぐる講演・評論を収録。真摯な胸の内が明らかに。〈解説〉柳 広司

2019.4